Bordesholmer Edition

Band 12 - 2014

Zum Buch:

Gleich nach der von allen Sorgen erlösenden Diagnose kaufte ich eine Flasche Champagner und meldete mich bei meiner derzeitigen Lieblingsfreundin.

„Grund zu feiern! Heute wäre Tante Käthe 100 geworden", log ich.

Hätte ich sagen sollen ‚*Hurra, es geht zu Ende! Das muss begossen werden!* ' ?

Impressum

Herstellung und Verlag:
BoD-Books on Demand, Norderstedt
ISBN: 978-3-7322-8940-0

Zum Autor:

Geboren 1940,
ebenso wie der Ich-Erzähler pensionierter Professor,
wollte eine Satire schreiben, da alle meinten,
er könne nichts Lustiges schreiben.
Und wahrscheinlich finden es auch viele nicht lustig,
und nur er hält es für es eine Satire.
Dann ist es halt so.

Hartmut Wiedling

Letztes Jahr

satirischer Endzeitroman

Für Jochen

1.

„Komm Schatzi! Wie geht's? Hast du Lust?"

Sie beugte sich zu mir aus dem Fenster, strich mit beiden Händen über ihren prallen Busen, lächelte mich herausfordernd an. Ordinäre Routine. Aber ordinäre Routine war es ja, die sie an den Mann bringen wollte. Liebe suchte hier keiner.

Ich fühlte mich fehl am Platze.

„Dreißig Euro."

Schon hatte sie meine Hand genommen, die ich ihr gedankenlos gelassen hatte, als sie mir ihre entgegengestreckt hatte, Vertrautheit heuchelnd. Mit einer Hand hielt sie sie besitzergreifend fest, um sie mit der anderen zu streicheln. Gewaltlos konnte ich mich daraus nicht mehr befreien.

Eine junge Farbige versuchte, mich in ihr gewerbliches Bett zu komplimentieren.

Ich sah sie an. War sie die Richtige? Wäre sie mir an einem anderen Ort begegnet, hätte ich sie hübsch und attraktiv gefunden.

Sie spürte meinen taxierenden Blick. Eine Weile lang ließ sie ihre fragenden Augen abwartend auf mir ruhen. Überredendes Flehen. Nicht fordernd wie ein aufdringlicher Bettler. Menschlicher. Unmittelbarer. Berührender. Verheißungsvoller. Sie wollte nicht die langweilige Ausgabe von ‚Hempels' aufdrängen, die im nächsten Papierkorb landen würde. Sie bot einen Teil von sich selbst an, fleischliche Nähe. Intime Berührung. Sofort und direkt zu haben. Ohne Umwege. Ohne Liebe.

Dennoch: Erinnerungen an die Krönung junger Liebesabenteuer erwachten.

Den ersten Schritt hatte sie geschafft. Meinen abweisenden Schock hatte sie überwunden. Nicht einmal unsympathisch. Ein wenig tat sie sogar gut, die intime

Kostprobe ihrer Liebeskunst, mit der sie meine Hand verwöhnte.

Eigentlich nicht der Typ, den ich suchte. Zu auffällig. Zu vulgär. Wohl auch der falsche Ort für mein Ansinnen. Es war ja auch nur ein erster Erkundungsbesuch.

Inzwischen hatte ich meine Hand aus ihrem zärtlichen Gefängnis befreit.

„Blasen?"

Als ob ich ihre Fachsprache missverstehen könnte, öffnete sie den Mund und ließ ihre Zunge Kunststücke und Geräusche vollführen, dass mich Kastrationsängste befielen.

„Mit anal 50. Komm Schatzi!", erweiterte sie ihr Angebot, und ihr Lächeln ging in eine obszöne Geste der Lippen über, die sie erst leckte, dann spitzte, seltsam kraus zusammenzog, langsam öffnete und endlich ihre Zunge hervorkommen und wieder in der Mundhöhle verschwinden ließ: rein, raus, rein, raus… Dabei klatschte sie sich mit einer der inzwischen frei gewordenen Hände auf den halbnackten Hintern.

Trotzdem. Ich kam mit. Irgendwie musste ich schließlich anfangen.

Als sie sich vollends entkleiden wollte, wehrte ich ab.

„Nein lass. Das will ich nicht."

„Geht nicht? Ich dir helfen", und schon griffen ihre erfahrenen Hände zwischen meine Beine.

Ihr Manöver verfehlte vollkommen seine Wirkung. Statt mich dem von ihr erwarteten Ziel näher zu bringen, erregte es Unbehagen. Dass meine abartigen Pläne in eine völlig andere Richtung gingen, konnte sie freilich nicht ahnen. Ehrlicherweise muss ich allerdings zu meiner Schande zugeben, dass ich, seit ich ihr ins Brautgemach gefolgt war, zunehmend mit dem Gedanken spielte, die Gunst am Ende doch in

Anspruch zu nehmen, für die ich bezahlt hatte - eine weit höhere Summe sogar als sie verlangt hatte.
Als Dessert hinterher? Oder lieber gleich als Vorspeise?

„Ich nicht schön?" - Sie entblößte eine ihrer Brüste – „Alles Natur. Hier. Fühlen!"
Sie versuchte, meine Hand auf ihre Brust zu legen. Offenbar sollte ich sie nach Silikon abtasten, wie ein Viehhändler, der seinen Kauf begutachtet. Diesmal entzog ich mich ihr rechtzeitig – wenn auch nicht ohne ein wenig Bedauern. *Erst die Arbeit*, sagte ich mir.
Ich spürte, dass ich sie verletzt hatte. In ihrer Berufsehre. Oder in ihrem weiblichen Selbstwertgefühl. Das wollte ich nicht. Tat mir leid.
„Glaub' ich ja", versuchte ich sie zu beruhigen, und griff nun doch an ihre Brust.
„Alles OK. Du bist schön. Sehr schön sogar. Sonst wäre ich ja nicht mit dir gegangen."
Besänftigend strich ich ihr über das Haar, was sehr erregend war. Es sei dahingestellt, ob wegen meiner tröstenden Worte oder wegen der zarten Berührung des fremden Mädchenkörpers.
„Also was?", kam sie auf unsere Geschäftsbeziehung zurück. Offenbar hatte sie mitbekommen, dass ich kein normaler Kunde war, und sie schaute mich fragend an.
An der Wand hingen diverse Sexutensilien, und auf dem Tischchen neben dem Bett stand eine Armee von Plastikpenissen bereit, zu welchem Einsatz auch immer. In dieser Umgebung konnte ich mich nicht ernsthaft mit ihr unterhalten.
„Ich möchte mit dir reden. Aber nicht hier. Können wir zusammen essen gehen?"
„Nein. Nicht essen."

„Oder trinken?"

Sie wehrte ab und stand auf.

„Also gut."

Ich zog sie besänftigend zurück auf die Bettkante. Sofort legte sie sich, entkleidete sich nun doch, und, jetzt Natur pur, klopfte sie einladend auf den freien Platz neben sich in dem großen Bett und sah mich auffordernd an.

„Du auch", sagte sie, zupfte an meiner Hose und lächelte mir ermutigend zu.

Angekleidet wie ich war, legte ich mich neben sie.

„Also, ich wollte dich etwas fragen", fing ich an und versuchte, mich auf die Sätze zu besinnen, die ich mir vor meinem Besuch zurechtgelegt hatte. Vergebens. Ihre kundigen Finger begannen, zu öffnen, was, wie sie sofort bemerkt hatte, begonnen hatte, mir unbequeme Enge zu bereiten, und förderten zu Tage, was zu wunderbarem Leben erweckt, die neugewonnene Freiheit erhobenen Hauptes genoss.

Ich ließ sie. Half ihr sogar. Bald lag ich, nackt wie Gott mich erschaffen, doch raumgreifender als Michelangelos berühmte Vision[1], neben ihr.

Einmal noch unterbrach ich ihre beginnenden Aktivitäten:

„Ich wollte dir ein Geschäft vorschlagen", begann ich.

„Blasen?", fragte sie.

Ich entzog mich für einen Moment ihren Aktivitäten.

„Ein Geschäft. Geld verdienen. Verstehst du? Arbeiten für mich. Zwei Wochen. Reisen. Freunde besuchen. Abschiedsreise. Du und ich zusammen. Zwei Wochen. Verstehst du?"

„Du reisen? Zwei Wochen? Dann wiederkommen. Ficken."

Ich gab auf. Ließ sie gewähren. Sie lohnte mir die königliche Bezahlung mit der ganzen Palette ihres

Angebots. Nur als sie Handschellen von der Wand nehmen wollte, streikte ich.

„Du wiederkommen. Zwei Wochen", sagte sie zum Abschied, legte ihre schwarzen Arme um meinen Hals, stellte sich auf die Zehenspitzen und küsste mich auf die Wange.

2.

Tags darauf hatte ich einen längst überfälligen Arzt-termin.

Vor nunmehr drei Jahren hatte mir meine Nichte, ihres Zeichens Internistin, geraten, eine Frauenärztin, aufzusuchen, da ich häufig Juckreiz und leichte Schmerzen an der rechten Brustwarze hatte.

Als Mann zu einer Frauenärztin? Ich hatte das für einen blöden Scherz gehalten.

In meinen immer wiederkehrenden Albträumen saß ich seither, den Weisungen einer resoluten Sprech-stundenhilfe folgend, nackt auf dem gynäkologischen Stuhl, vor mir eine alte Jungfer im weißen Kittel, mit Gummihandschuhen, schwarzer Umhängebrille und dem medizinischen Herrschaftssymbol alter Zeiten um den Hals, dem Stethoskop am roten Schlauch.

Mit einem Gesichtsausdruck, der völlige Unterwer-fung forderte, machte sie Anstalten, in dieser für mich unwürdigen Konstellation meine höchstpersönliche intime aber bislang doch immerhin männliche Anam-nese tastend zu erforschen.

„Perniziöser Tittenbrand!", schleuderte ich ihr hasser-füllt entgegen. „Ich weiß, ich weiß! Kennen Sie nicht. Hatt' ich mir fast schon gedacht. Wär' aber höchste Zeit. Sie suchen auch an der falschen Stelle. Nein, nicht da unten. Wollen wohl den seltenen Anblick auskosten. Kann ich ja verstehen. Kommt Ihnen ja nicht so oft zu Gesicht, so etwas. Vielleicht noch nie. Aber tun Sie sich keinen Zwang an. Macht mir nichts aus. Rührt sich ohnehin nichts. Nicht bei Ihnen. Machen Sie sich keine falsche Hoffnung. Können Ihre Latexhandschuhe ruhig wieder ausziehen. Doktor spielen ist ohnehin schöner ohne. Auch für Sie. Aber davon haben Sie sicher keine Ahnung."

Sie wollte offenbar dennoch einen genitalen Lauschangriff starten.

„Nein!", schrie ich. „Was soll das? Weg mit dem Stethoskop. Sie sollten mich abtasten, klar. Aber bitte da, wo Ihre Klientel einen BH zu tragen pflegt."

Ihr Blick ging aufwärts.

„Halt, stopp. Genau da. Mammakarzinom. Bin ich denn Ihr erster Patient mit Brustkrebs? Männer haben das halt auch manchmal. Doch, ist so. Leider. Hätten Sie nicht gedacht? Wofür haben Sie überhaupt studiert? Merken Sie sich: Wir sind zu mehr fähig als Sie denken. Auch in Domänen, in denen es Ihr Geschlecht nicht ahnt. Nein, nicht nur medizinisch gesehen."

Ihre Augen wanderten weiter nach oben. Mich traf ihr zorniger Blick.

„Ist ziemlich peinlich für mich als Mann, ausgerechnet eine Frauenärztin aufzusuchen. All die Frauen im Wartezimmer haben mich als Transe betrachtet. Ach so. Wissen nicht so genau, was das ist. Ich auch nicht. Gibt wohl alle möglichen Kombinationen. Will ich mir aber gar nicht erst vorstellen. Eklig. Und für so was halten die mich jetzt. Können ja schließlich nicht wissen, dass auch richtige Männer eine Frauenkrankheit haben können. Nicht nur psychisch. Auch physisch."

„Hätte mir meine Nichte gesagt, ‚geh zu einem Tierarzt', ich wäre gegangen. Furchtlos. Aber diese

Erniedrigung hier hätte ich mir gern erspart. Hatte mir von irgend so einem Weichei sagen lassen, Frauen seien einfühlender, und bin seiner Empfehlung gefolgt, ich Idiot. Aber bei mir finden Sie nichts zum ‚Einfühlen‘. Und wenn Sie noch so neugierig auf mir rumgucken. Nichts da zum Einfühlen."

Ihr mitleidiger Blick richtete sich erneut auf meine Männlichkeit.

„Verstehen Sie doch endlich! Mammakarzinom. Als Mann. Wie würden Sie sich fühlen, wenn Ihnen Hodenkrebs diagnostiziert würde. Gibt es nicht? Nein. Haben Sie recht. Höchstens bei verdächtig erfolgreichen Sportlerinnen. Könnte ich mir bei Ihnen übrigens auch vorstellen. Nicht den Sport, meine ich. Aber das andere."

„Gibt es hier in der Gegend keinen Frauenarzt? Keinen richtigen?"

3.

Ich hatte mich als Pharmavertreter getarnt. Mit schwarzem Vertreterköfferchen, unübersehbar darauf Aufkleber bekannter Pharmakonzerne. Bayerkreuz und STADA unter dem roten Bogen.

Die Sprechstundenhilfe kannte das schon und lächelte. Taktvoll schleuste sie mich am Wartezimmer vorbei in ein kleines Büro, von wo der Arzt mich kurz darauf in sein Ordinationszimmer bat.

„30.6.2010, sehe ich, waren Sie das erste Mal bei mir. Vor drei Jahren also."

Ich hatte bereits meine mageren Brüste in Erwartung kalten Gels freigemacht.

„Na, dann wollen wir mal sehen."

Ultraschall.

„Wollen Sie auch mal sehen?" – Er meinte die Ultraschallaufnahmen.

Ich lehnte dankend ab:

„Könnte mir Schöneres vorstellen".

Er machte eine Pause und sah mich mit medizinischem Ernst an. So als ob er sich vergewissern wolle, ob er mir zumuten könne, zu sagen, was zu sagen war.

„Haben Sie Rückenschmerzen?"

Ich wusste, das wäre ein Indiz für die beginnende Endphase.

„Ich hatte es zunächst für einen kleinen Hexenschuss gehalten. So etwas kenne ich. Allerdings klingt es diesmal deutlich langsamer ab als in früheren Jahren."

„Soso. Hexenschuss, sagen Sie. Andere Beschwerden?"

„Arme und Hände schlafen öfter ein, vor allem die drei Schwurfinger. Aber das geht meist schnell wieder weg. Und neulich war etwas ganz Komisches: Zunächst nachts Zucken und Nervenschmerzen im rechten Bein. Nicht schlimm, aber lästig, ich konnte einige Tage lang schmerzfrei nur auf der linken Seite schlafen. Schmerztabletten nützten überhaupt nichts. War eigentlich kein schlimmer Schmerz. Aber zermürbend. Wie Kopfweh im Bein."

„Und tagsüber?"

„Nach einer halben Stunde und ein paar Schritten wird es meist besser. Was geblieben ist, sind rasche Ermüdungserscheinungen beim Treppensteigen und bei längerem Gehen. Aber sonst erfreue ich mich bester Gesundheit."

Ich hatte ihm bereits bei seiner Anfangsdiagnose vor drei Jahren meine Lebenseinstellung erklärt und ihn gebeten, auf die von ihm vorgeschlagene Entnahme einer Gewebeprobe zu verzichten. Wär' ja noch schöner, wo das Ziel so greifbar schien, mir jetzt noch Knüppel zwischen die Beine werfen zu lassen.

Er hatte meine Auffassung überraschenderweise ohne jegliche Verwunderung hingenommen und eine Andeutung gemacht, wenn es so weit wäre, könne er mir helfen. Allerdings war mir nicht klar, ob mit normalen oder finalen Dosen von Morphium oder womit sonst.

Als er nichts zu meinem Rückenkommentar sagte, kam mir der Gedanke, ihm zu helfen.

„Sie kennen meine Einstellung. Sagen Sie es frei heraus. Bin ich bald erlöst?"

„Könnte sein. Aber Prognosen sind immer so eine Sache."

„Das heißt? Keine Angst, ich bin bereit. Kann auch gut auf die Unterstützung des ‚Selbsthilfe-Netzwerks für Männer mit Brustkrebs' verzichten. Ich war in den drei Jahren nicht untätig. Hab' vieles geschafft inzwischen und alles abgeschlossen, was ich mir damals vorgenommen hatte. Bis hin zur Autobiografie für die Kinder. Hab auch keine Lust mehr, sie ständig zu verlängern. Freilich, es keimen dauernd wieder neue Ideen. Aber ich bin bereit. Eigentlich sogar froh, den Löffel aus der Hand legen zu dürfen."

„Klingt immer so heiter bei Ihnen. Etwas überdreht, wenn ich da ehrlich sein soll. Galgenhumor vielleicht. Aber so unverändert seit Jahren, dass ich beginne, Ihre Worte wirklich ernst zu nehmen."

„Können Sie. Möchten Sie meinen Abschiedsbrief lesen?"

Ich griff zu meinem Rucksack.

„So weit sind Sie schon? Sind wohl Perfektionist."

„Das sagen viele, die mich nicht kennen. Hör' ich aber nicht gern. Außerdem fehlt das Datum noch. Kann erst eingesetzt werden, wenn Sie den endgültigen Startschuss geben. Sie stehen doch zu Ihrem Wort?"

„Gab ich eines?"

„Endlösung Schmerzmittel. Sie meinten, meine Dreisprungmethode sei nicht optimal."

„Dreisprung? Hatten Sie nicht von einem Malariamittel gesprochen?"

„Stimmt. Aber vorher Antikotzikum, damit ich alles bei mir behalte, und Schlafmittel, dass mich die Endlösung erst im Schlaf trifft."

„Ich erinnere mich. Aber Sie fühlen sich doch noch wohl? Sie erfreuen sich bester Gesundheit, sagten Sie."

„Stimmt, wenn man von den üblichen Zipperlein meines Alters absieht."

„Gut. Dann kommen Sie wieder, wenn die Rückenschmerzen lästig werden oder sonstige Symptome beginnen, Ihnen das Leben allzu sehr zu erschweren. Spätestens aber in drei Monaten."

„Sie meinen, ich bin gewissermaßen im 6. Monat mit meiner Geschwulst?"

„Wenn Sie so wollen. Könnte hinkommen. Jedenfalls wohl im letzten Jahr. Das lässt sich ziemlich sicher sagen. Auch wenn meine Berechnungen nur etwa so zuverlässig sind wie die der Kollegen der Meteorologie."

Nach meinem Abschiedsbrief fragte er nicht mehr. Ich ließ ihn wo er war. Dr. van der Walen würde ohnehin bei meiner Niederkunft ein Exemplar bekommen.

Gleich nach der von allen Sorgen erlösenden Diagnose kaufte ich eine Flasche Champagner und meldete mich bei meiner derzeitigen Lieblingsfreundin.

„Grund zu feiern! Heute wäre Tante Käthe 100 geworden", log ich.

Hätte ich sagen sollen ‚*Hurra, es geht zu Ende! Das muss begossen werden!* ‘ ?

4.

„Sag mal Jochen, warst du eigentlich schon mal im Bordell?"

„In welchem?"

„Also ja."

„Was soll das?"

„,*In welchem?*' bedeutet im Grunde ‚*ja*'. Klingt, als wolltest du dich vergewissern, ob wir das gleiche meinen."

„Welches hast du denn gemeint?"

„Ist ja egal. Warst du schon mal im Bordell? In irgendeinem?", fragte ich überflüssigerweise noch einmal.

„Sollte ich gewesen sein?" Er schmunzelte.

„Was heißt hier ‚*sollte*'?"

„Na ja, ein richtiger Mann zeugt einen Sohn, baut ein Haus und pflanzt einen Baum."

„Da war doch noch was, oder?", frage ich.

„Nein, das war schon alles. Pflanzt einen Baum. Ende. Nix Bordell."

„Pflanzt seinen Baum. Egal wohin?"

„In den Garten natürlich. Pflanzt seinen Baum in den Garten. Und zwar in seinen eigenen", fügte er hinzu, „wenn du es genau wissen willst. Was dachtest du denn?"

„Früchte in Nachbars Garten…."

„Musst nicht von dir auf andere schließen."

„Entschuldige. Ich dachte nicht an was anderes."

„Woran, wenn man fragen darf?"

„Dachte an dich."

„Und was dachtest du?", fragte er in gespielter Unschuld.

„An den Garten der Nachbarin."

„Kennst du sie überhaupt?"

„Und ob!"

„Deine oder meine?"

„Hab ich nur so gesagt. Nachbarin im Allgemeinen. Aber eher an deine", stichelte ich, da ich wusste, dass er mal was mit ihr gehabt hatte.

„Ich dachte auch nur an Gärten im Allgemeinen", und träumerisch lächelnd malte er es aus: „An Äpfel, Birnen, Blumen, eine Wiese..."

„Deine ist dir wohl inzwischen über, wenn ich richtig sehe."

„Stör mir nicht die schöne Gartenlandschaft."

„Wieso eigentlich Äpfel, Birnen, Blumen, Wiese und keine Kirschen?", stichelte ich.

„Nur so. Und Blumen, ich meine, ich wollte es halt poetisch ausdrücken. ..."

„Hast recht. Sind auch schöner. Viel schöner als Pilze. Riechen auch besser."

„Woran du immer gleich denkst!"

„Sag ich doch. An deine Nachbarin."

„Und da fällt dir nichts besseres ein als übel riechende Pilze?", empörte sich Jochen.

„Eben doch. Hör mir doch zu. Kirschen, Äpfel, Blumen und eine Wiese, sagte ich. Und dann hast du mich gestört. Gerade als das Vöglein anhob zu singen."

„Und Pilze. Übel riechende. Das sind deine Worte."

„Gut. Musst es schließlich selbst wissen. Ist ja deine Nachbarin. Meine jedenfalls hat keine."

„Bist du dir da so sicher?", provozierte er.

„Wie meinst du das?"

„Na mit den widerlichen Pilzen, du weißt ja."

Ich sah ihn empört an.

„Lassen wir das", beendete er das Thema. „Wo waren wir stehen geblieben?"

„Beim Bordell."

„Stimmt. Schöner Gedanke!", grinste er.

„Du also warst offenbar schon einmal?"

„Wieso einmal?"

„Na von mir aus auch mehrmals."

„Und du? Warst du?"

„Wollte ich eigentlich von dir wissen. Ich hatte dich zuerst gefragt. Nicht du mich."

„Klang aber so begeistert, als wärst du gerade gestern zum ersten Mal…"

„War ich auch", gestand ich.

„Dacht' ich's doch."

„Aber nicht so wie du denkst."

„Aha. Nicht wie ich denke. Wie dann?"

„Ich kann dir das alles erklären."

„Willst du mir weismachen, du warst im Bordell und hast aber nicht…"

„Genau."

„Zu teuer?"

„Nein. Fand ich eigentlich nicht."

„Hast also treu und brav bezahlt, was sie verlangt hat."

„Mehr sogar. Wollte die Stimmung nicht verderben."

„Und dann? Konntest du nicht?"

„Ich sag' doch, es war ganz anders als du denkst. Lass mich doch endlich mal ausreden."

„Also: Hast du oder hast du nicht? Ja oder nein?"

„Jein."

„Danke. Nun sehe ich klar."

„Was siehst du klar?"

„Du wolltest, aber du hast dann doch nicht."

„Umgekehrt. Ich wollte nicht und ich hab dann doch."

„Verstehe. Schön. Immerhin das Eine. Aber sag mir, warum gehst du ins Bordell, wenn du nicht willst?"

„Ich weiß nicht, irgendwie ist jetzt alles total verfahren. Ich hatte dich um einen Rat bitten wollen. Aber im Augenblick geht das einfach nicht. Lass uns abbrechen."

„Einen Rat? Von mir?"

17

„Ja, von dir. Ernsthaft."

„Du und ernsthaft! Aber wenn du was auf dem Herzen hast, dann komm doch morgen Abend zu mir. Trinken wir eine Flasche Wein zusammen."

„Ich brauche wirklich deinen Rat. Ich hab einen tollen Plan. Aber dabei musst du mir helfen."

„Vorher oder nachher?"

„Vor oder nach was?"

„Wein trinken."

„Ach so."

„Wein erst nachher, sonst wird das wieder nichts."

„Gut. Also vorher."

„Sag ich doch. Ja? Ginge das?"

„Klar. Obwohl: Eigentlich kommen erst nach einer Flasche die besten Ideen. Weißt du noch, wie wir …"

„Hör auf. Ich weiß, jetzt kommt unsere idiotische Idee, eine Nacht als Schwule miteinander zu verbringen."

„War doch eine unserer verrücktesten Ideen. Ich könnte mich heute noch kringeln."

„Klar. Tolles Erlebnis. Nur leider wenig erfolgreich."

„Leider?"

„Nehm ich zurück."

„Also Kompromiss: Sowohl als auch."

„Du meinst bereden?"

„Was denkst du?"

5.

Es gab einen Golfkollegen, den Jochen und ich, um ihn zu ärgern, immer noch siezten, obwohl wir ihn seit Jahren kannten und wir bei einem Faschingsfest auf sein Drängen hin bereits auf Brüderschaft getrunken hatten. Er war Allgemeinmediziner, gab sich im Club aus naheliegenden Gründen gern als Sportmediziner und Facharzt für Allergologie aus. Auf dem gepflegten grünen Golfrasen im Dreisamtal sah man ihn selten. Und wenn, dann allein, manchmal auch mit einem Arztkollegen. Aber das brachte ja nichts. Dafür war er desto mehr am Tresen des neu gestalteten Clubhauses anzutreffen. Schien ihm offenbar akquisitorisch erfolgversprechender. Dort hatte er mich dann auch in einer zwanglosen Runde dazu gebracht, dass ich versprach, ihn aufzusuchen, wenn ich mal ein Problem hätte.

„Sag bei der Anmeldung, du kommst vom Club. Dann brauchst du auch nicht zu warten", köderte er mich.

Seitdem ging ich – mein Harmoniebedürfnis wurde von jeher belächelt - jeden Herbst zu ihm zur Grippeimpfung.

Unter dem Vorwand einer Tetanusauffrischung meldete ich mich diesmal außer der Reihe bei ihm an. Von der Diagnose des Frauenarztes wusste er nichts. Dr. Xaladis war ein junger Mann. Fand ich. Aber das will nichts sagen. Mir kommen inzwischen alle Berufstätigen wie junge Leute vor. Wie alt er wirklich war, kann ich nicht sagen. Jedenfalls viel jünger als sein Vorgänger, von dem er mich geerbt hat.

„Sie kommen zur Vorsorge?", empfing er mich. An mein clubunübliches Sie hatte er sich inzwischen widerwillig gewöhnt.

„Nein. Wenn es denn so weit ist, dann ist es eben so weit. Lange genug habe ich ohnehin schon gelebt. Länger als die vielen meines Alters, die vor mir haben gehen müssen, und angenehmer als die meisten aus der Gattung derer, die als Kassenpatienten Ihr Wartezimmer füllen und geduldig auf Ihre Hilfe warten - immerhin der überwiegenden Mehrheit unserer Bevölkerung."

„Höre ich da Kritik?", wagte er einzuwenden, lächelte aber verbindlich, bereit, seine Worte zurückzunehmen, und ich beeilte mich, ihn zu beruhigen:

„Nein, nein. Im Gegenteil. Ich freue mich, als Gesunder zu Ihnen zu kommen."

„Als Gesunder, sagen Sie."

„‚Dank Ihrer Unterstützung', vergaß ich hinzuzufügen."

Ich versuchte, ebenso wohlwollend zu lächeln wie er.

„Ich fühle mich pudelwohl. Vielleicht aber halten Sie mich ja dennoch oder gar genau deshalb für krank."

Ich machte eine kleine Pause und beobachtete, wie es in ihm arbeitete.

„Ich will Sie nicht raten lassen und auch nicht zu der unhöflichen Frage zwingen, was ich denn dann eigentlich hier wolle. Es ist Folgendes: Ich bin dankbar, glücklich und zufrieden, ein so unverdient schönes, gesundes und langes Leben hinter mir zu sehen."

„Unverdient? Sehen Sie das so?", unterbrach er mich, „ich meine, wenn man wie Sie …"

Ich beschloss ein Rebreak und fuhr ungeachtet seines höflichen Einwandes mit den Worten fort:

„Es ist mit dem Leben wie bei allem Schönen – und erst recht bei Unerfreulichem, aber davon rede ich nicht: Irgendwann ist es genug. Beim Essen, beim Spiel, beim Sport, bei einer Reise, es ist leider so: Die leckersten Bissen verhindern nicht, dass sich Sattheit einstellt, das schönste Spiel wird spätestens nach ein paar Stunden langweilig, eine noch so großartige Wanderung macht am Ende müde und endet mit dem Verlangen nach Ruhe und Schlaf und auch die wunderbarste Reise weckt, wenn sie lange genug währte, das Verlangen, heimzukehren in die Heimat. Jedenfalls bei mir.

Kurzum: Verschreiben Sie mir bitte etwas, das mich vom Leben in den ewigen Schlaf versetzt. Am liebsten Veronal, das Schlafmittel, das Filmschauspielerinnen früher gern nahmen – nicht selten allerdings unterdosiert, um dann gerettet zu werden. Oder Morphium. Oder irgendetwas, das mich schnell und sanft wegtreten lässt. Sie wollen doch nicht, dass ein unschuldiger Straßenbaum sich mir in den Weg stellt, ich den Haartrockner neben mir im Badewasser ersäufe, man mich leicht blau im Gesicht vom Schaukelgerüst eines Kinderspielplatzes abschneidet, dass ich ahnungslosen Straßenkehrern unter einer hohen Brücke ihre Arbeit erschwere oder gar, dass mich ein Zug in leblose blutige Körperteile zerlegt. Oder?"

Ich sah, dass mein geplagtes Gegenüber etwas sagen wollte, brach meinen Redeschwall ab und harrte der Erwiderung des Medizinmannes.

„Selbst wenn ich wollte - ich darf, und ich kann Ihnen nicht helfen."

„Können nicht?"

„Sie haben richtig gehört. Veronal und überhaupt Barbiturate darf nur noch der Neurologe zur Behandlung von Epileptikern verschreiben. Betäubungsmittel wie Morphium gehen schon gar nicht."

„Vielleicht gibt es heute etwas Besseres?"

„Mit Recht bewahrt uns unsere christlich-soziale Grundordnung vor solch krankhaften Dummheiten wie sie Ihnen vorschweben."

„Und entmündigt seine Bürger im Namen der unantastbaren Menschenwürde."

„Genau so ist es. Irgendwo gibt es Grenzen. Und das ist gut so."

„Man will uns zur Eigenverantwortung erziehen, aber über das wichtigste Gut, das ich besitze, darf ich nicht selbst entscheiden."

„ ‚*Du sollst nicht töten*‘. Für unsere Gesellschaft gilt das auch heute noch. Und auch für Sie. Auch Ihr eignes Leben ist unantastbar.“

„Richtig. Das Tugendmäntelchen Religion. Hatte ich fast vergessen. Es ist zum Verzweifeln.“

„Gutes Stichwort. Wie wäre es mit einem Psychiater? Er könnte Ihnen vielleicht die Verzweiflung nehmen.“

„Ich und verzweifelt? Zum Psychiater? Ich leide doch überhaupt nicht.“

„Es gibt heute vorzügliche Medikamente.“

„Wozu der Quatsch? Und selbst wenn es so wäre wie Sie meinen, Psychopharmaka heilen bestenfalls die Symptome. Nicht das Problem.“

„Macht nichts. Das vergessen Sie dann.“

Einen Augenblick zögerte ich. Dann schwenkte ich um. Tat einsichtig:

„Gut“, sagte ich, „versuchen wir es.“

Ich hatte etwas gegen Psychiater, Psychologen und Psychotherapeuten. Aber ich wollte immer schon mal die Arbeit eines Meisters dieser Zunft kennenlernen. Ganz besonders seit dem tollen Spielfilm über Freud und Jung[2]. Warum also nicht? War eigentlich eine günstige Gelegenheit.

„Zahlt das die Kasse?“

„Bei geeigneter Diagnose.“

„Von Ihnen?“

„Nein, von einem Facharzt für Psychiatrie oder einem Neurologen.“

„Vom Irrenarzt meinen Sie?“

„Vom Facharzt für Psychiatrie. Nervenarzt, für den Fall, dass Sie das besser verstehen.“

„Aber früher gab es doch noch Irrenärzte. Und Irre, ich meine geistig Kranke, gibt es doch immer noch. Versucht man heute nicht mehr, die zu heilen?“

„Natürlich werden diese Patienten auch heute gewissenhaft medizinisch betreut. Wo kämen wir sonst hin? Diese schwierige Aufgabe teilen sich die Fachärzte für Psychiatrie mit den Psychologen.

„Ach so. Gut. Können Sie mir einen guten Facharzt für Psychiatrie empfehlen?"

„Darf ich nicht."

„Unter Sportsfreunden: Zu wem soll ich gehen?"

Einen Augenblick dachte er nach. Ich hatte den Eindruck, es war das erste Mal während des Gesprächs.

„Es gibt ein Branchentelefonbuch. Schauen Sie unter Psychiatrie oder Neurologie. Vielleicht suchen Sie mal in Waldkirch. Da gibt es allerdings nur einen. Der ist Neurologe und Facharzt für Psychiatrie. Er spielt übrigens auch Golf."

6.

Jochen war der einzige, den ich eingeweiht hatte. Der einzige, bei dem das möglich gewesen war. Der einzige, der wusste, dass ich eigentlich seit Jahren am liebsten für immer gegangen wäre. Der einzige, der das verstand und mich deshalb nicht wie einen bedauernswerten, vom Tode Gezeichneten behandelte. Ich glaube, er beneidete mich sogar ein wenig.

Seine Frau hatte er an diesem Abend zu einer Freundin wegkomplimentiert, die Kinder waren ohnehin längst aus dem Hause. Personal gab es nicht. Wir waren allein.

„Hallo, komm rein."

Wir gingen ins Kaminzimmer.

„Ich dachte, hier ist es am gemütlichsten. Ich vermute, es ist nichts Geschäftliches? Sonst können wir auch nach oben ins Arbeitszimmer gehen."

„Nein, keine Angst. Weder Steuererklärung noch andere lange Zahlenreihen."

„Dacht ich's doch. Schlimmeres kommt auf mich zu."

„Ich möchte, dass du mit mir nachdenkst."

„Hatte ich schon gefürchtet. Das wird bös enden."

„Wie wir alle irgendwann einmal, wenn unser Geist nicht im Lichte besonderer Vorsehung wandelt."

„Warst du in der Kirche?"

„Seh' ich so aus?"

„Ehrlich gesagt ja."

„Wie sieht man denn dann aus?"

„Hab' lange keinen gesehen, der vom Gottesdienst kam. Aber ich stelle mir vor, heiter und geläutert."

„Sehe ich heiter und geläutert aus?"

„Drüben ist ein Spiegel."

„Danke."

Ich stellte mich vor den riesigen, in gedrechseltem, fast schwarzem Eichenholz gefassten Spiegel in der Diele.

„Nach Bußgottesdienst sehe ich nicht gerade aus. Obwohl, ich meine, nach unserem Thema von gestern..."

„Vielleicht eher Erntedank? Mit Beichte, Abendmahl und Absolution?"

„Treffer, alter Ketzer."

„Selber."

„Danke."

„Bitte."

So durfte es nicht weitergehen. Das Vorgeplänkel drohte abendfüllend zu werden.

„Eigentlich weißt du ja, wo ich gestern war. Nur nicht warum", begann ich.

„Stimmt, du warst im Tempel der Lust, nur leider zunächst ohne Letztere. Und jetzt wolltest du mir sagen, was du da zu beichten hattest und ob das Abendmahl dennoch gemundet hat."

„Ich gebe zu, es war eine blöde Idee."

„Das kann man wohl sagen."

Ich setzte mich ganz gerade und, wie ich hoffte, Respekt gebietend auf, und ehe er sein Erstaunen äußern konnte, begann ich mit einer längeren Ansprache.

„Ich plane mein Abschiedsfest."

Jochen schaute mich erwartungsvoll an.

„Das finale Abschiedsfest?"

„Ja. Das finale Abschiedsfest. Du weißt ja. Schon vor Jahren haben wir zusammen davon geschwärmt, wenn wir Moustaki³ hörten, ‚*Les amis*', ‚*Dire qu'il faudra mourir un jour*' und wie sie alle hießen, und uns beide zusammen überlegten, wie wir es denn später einmal machen könnten. Am Ende waren wir uns einig: genau so wie bei ‚*Si ce jour-là*' wollten wir alles im Voraus arrangieren. War es nicht sogar deine Idee, vorher noch eine irre Reise zu unternehmen in Begleitung einer Frau, die wir allen Freunden und Bekannten als unsere endgültige Liebes- und Lebensgefährtin vorstellen wollten – einem so verführerischen Weib, um das alle Männer uns beneiden würden? Und dass wir am Ende ein letztes ausschweifendes Fest zusammen feiern wollten, aus dessen Rausch wir nicht wieder aufwachten?"

Jochen sagte nichts. Ich ließ ihn.

„Ja, war eine schöne Zeit, damals", brach er schließlich das Schweigen. Es lag eine Traurigkeit in seiner Stimme, als hätte er gesagt ‚*Ja, damals hatten wir noch Träume. Aber eben Träume. Nichts als Träume*'. Aber das sagte er nicht.

Ich tat so, als merkte ich es nicht, hob das Glas, und wir stießen mit dem ‚Châteauneuf du Pape' an, den er für unseren Abend auserkoren hatte.

Am besten, ich ging zur Tagesordnung über, als sei nichts gewesen.

„Weißt du jetzt, was ich im Bordell wollte?"

„Ich nehme mal an, du suchtest nach einer passenden Begleiterin."

„Genau. Schließlich kann ich nicht deine Tochter fragen oder irgendeine junge Frau aus dem Golfclub."

„Die neue Bedienung vielleicht. Die gefällt dir doch."

„Besser eine Person, die keiner kennt. Ich dachte daran, ein Mädchen gegen Bezahlung anzuheuern."

„Und du glaubst, du kannst sie im Bordell finden?"

„Warum nicht? Am besten ein Thaimädchen. Das wäre glaubwürdig. Schließlich gibt es viele alte Männer, die sich in Thailand eine Frau aussuchen und mit nach Deutschland bringen. Außerdem mag ich Asiatinnen."

„Und warum fliegst du nicht nach Thailand?"

„Ich vermute, Thaifrauen wollen keinen Zeitvertrag für eine Kurzreise nach Europa. Wenn, dann wollen die hier heiraten."

„Und anschließend erben."

„Stelle ich mir so vor."

„Und, war dein Besuch erfolgreich?"

„Nein. Wie du weißt hat mich eine hübsche Farbige verführt."

„Und warum bist du zu der Schwarzen gegangen, wenn du nach einer Thai suchst?"

„Frag nicht so. Weiß ich nicht. Das Terrain war mir neu, ich war unsicher, und da dachte ich *, ,kannst ja erst einmal unverbindlich einen Probelauf machen'*. Außerdem fand ich sie eigentlich ganz nett. Und warum im Übrigen nicht eine sympathische Schwarze?"

„Sehr aufregend. Das musst du mir nach der zweiten Flasche ausführlicher erzählen. Zur Belohnung sozusagen, denn jetzt sollten wir doch erst einmal an der Sache arbeiten. Oder?"

„Danke."

„Also zunächst einmal: Wie viel Zeit haben wir?"

„Ich tippe auf drei Monate."

„Also bis Mitte September. Dann sollten wir die Reise in die ersten Septemberwochen legen, da ist die Ferienzeit vorbei, und du triffst deine Leute wieder zu Hause an."

„Sind allerdings fast alle Rentner."

„Aber eben nur fast. Und du willst ja nicht zwei Reisen machen."

„Richtig."

„Weiter. Eine Reisebegleitung. Willst ja wohl nicht mit mir fahren."

„Erraten. Obwohl – eigentlich auch keine schlechte Idee. Könnten ja den ein oder anderen ganz schön in Erstaunen versetzen. Würde vielleicht auch Spaß machen. Sollen wir?"

„Abgelehnt."

„Ganz meinerseits."

„Gut. Dann stellen wir doch ein paar Wunschkriterien zusammen!"

Jochen holte Zettel und Bleistift.

„Attraktiv?", begann er und schrieb es auf, ohne eine Antwort abzuwarten.

„Sexy?"

„Klar. Werde ja während der Reise das Zimmer mit ihr teilen."

„Gut. Sexy."

„Ja, aber so, dass es die Frauen nicht provoziert. Müsste also vor allem auch menschlich sympathisch sein."

„Tu nicht so selbstlos. Ist doch wohl vor allem dein Wunsch."

„Klar."

„Menschlich sympathisch. Hab ich notiert."

„Wenn sie nicht mein Typ ist, glaubt mir keiner die Geschichte."

„Also ich schreibe: Schlank, sportlich, nicht ohne Bildung. Was noch?"

„Man müsste sich verständigen können."

„Auf Deutsch?"

„Nicht unbedingt."

„Ich glaube, du sprichst leidlich Englisch und Französisch und ein wenig Spanisch."

„Latein hast du noch vergessen."

„Stimmt. Könnte ja eine arbeitslose angolanische Theologin sein. Stelle ich mir allerdings schwierig vor."

„Die Theologin oder die Sprache?"

„Ich weiß, Französisch läge dir mehr."

„Denkst auch immer nur an das Eine."

„Und du? Woran denkst du? Aber machen wir weiter. - Alter?"

„Wunschalter 18 bis 35."

„Höre ich recht? 18?"

„Neidisch?"

„Wäre wenig glaubwürdig. 45 fände ich besser."

„Willst mich wohl auf Diät setzen."

„Asiatinnen sind bis 50 zum Teil noch gut begehbar, hört man."

„Du bist mal wieder geschmacklos. Aber gut, eine attraktive, gepflegte Mittvierzigerin, wäre OK. Müsste dann aber schon ganz besonders nett sein."

„Oder kostengünstig. – Apropos: Wie viel willst du überhaupt anlegen?"

„Weiß nicht. Jedenfalls erheblich mehr als den Ersatz ihres Verdienstausfalls."

„An wie viel dachtest du?"

„Wenn sie gut ist, wohl ziemlich viel. 10.000?"

„Wenn du damit mal auskommst."

„Bin ich so ein Ekel?"

„Ach, Geld spielt vermutlich kaum eine Rolle, denn danach bist du ja ohnehin tot. Kannst dich also ruhig verschulden."

„Und meine Erben?"

„Schlagen notfalls die Erbschaft aus."

Am Ende ergab sich die folgende übersichtliche Prioritätenliste:

- Verfügbar ab Ende August für zwei bis drei Wochen
- Verständigungsmöglichkeit in deutscher, englischer, französischer oder spanischer Sprache
- Sympathisch
- Hübsch
- Schulabschluss, möglichst mehr
- Sexy
- 30-40 Jahre
- Vorzugsweise Thai

„Wie wäre es mit einer Kleinanzeige?"

„Was schlägst du vor?"

„Lass uns überlegen."

Wir erarbeiteten den folgenden Textentwurf:

Hübsche Begleiterin gesucht. Mit Schulabschluss. Als Lebensgefährtin auf Zeit an der Seite eines coolen Pensionärs. Für eine Lebensabschiedsreise. Dauer zwei bis drei Wochen. Beginn: zweite Augusthälfte. Reiseziel: Rundreise in Europa. Alter nicht über 40. Thai bevorzugt. Verständigung auf Deutsch, Englisch, Französisch oder Spanisch.

„Gesundheitszeugnis entfällt ja wohl. Hinterher willst du ja sowieso sterben."

„Denk an mein Abschiedsfest. Will ja keine üble Visitenkarte in meiner letzten Nacht hinterlassen."

„Kann dir doch egal sein."

„Ist es aber nicht."

„Eitel bis in den Tod!"

„Eitel? Nächstenliebe!"

„OK, sie soll den nächsten lieben wie dich selbst."

„Damit wären wir dann aber schon beim Nachtisch-thema. Vorher hol doch bitte die nächste Flasche!"

Beim zweiten ‚Châteauneuf du Pape' und Musik vom unsterblichen Moustaki, von Edith Piaf und Barbara gestand ich Jochen alle Details meines Abenteuers im Freudenhaus. Der Abend endete im Delirium. Als wir mitten in der Nacht aufwachten – er im Sessel, ich auf dem Ledersofa, der Kamin erloschen – beschlossen wir eine nächtliche Wallfahrt zum Tempel der Liebesgöttinnen. Jochen wollte meine Schwarze sehen. Hätte sie gern gekostet. Wollte ich aber nicht. Schon gar nicht zu zweit. Sie sicher auch nicht – in unserem Zustand.

7.

„Ich hatte Ihren Besuch bereits erwartet", begrüßte mich ein hagerer, ernst dreinblickender Arzt in tradi-tioneller weißer Berufstracht von seinem Schreibtisch aus.

Kein Wunder, hatte ich mir doch bereits vor zwei Wochen einen Termin geben lassen, und mein Name stand nun als nächster Patient auf seiner abzuarbei-tenden Liste.

Er erhob sich, kam auf mich zu, blieb vor mir stehen, beugte seinen Kopf weit zurück, und unter den Gläsern seiner randlosen Brille hindurch schaute er mich musternd an.

„Mein Kollege aus Freiburg hatte mir Ihren Besuch schon angekündigt."

‚*Darf der das?*‘, fragte ich mich spontan. Das Gebot der ärztlichen Schweigepflicht war mir in den Sinn gekommen. Aber das galt vermutlich nicht unter Kollegen. Obwohl …

Weiter kam ich nicht in meinen Gedanken.

„Sie befinden sich ja wohl in einer schwierigen Situation, wenn ich meinen Kollegen richtig verstanden habe."

‚*Diese Klatschbase. Hat nichts begriffen, und plaudert munter aus, was er sich einbildet, erkannt zu haben*‘, dachte ich. ‚*Blödmann*‘.

„Das kann man so oder so sehen."

Ich überließ es ihm, selbst zu entscheiden, welche Arten von „So" ich gemeint hatte. Schließlich war er Neurologe und Psychiater und durchschaute vermutlich sofort, dass ich überhaupt kein „*So*" im Sinne hatte.

Er ging zurück an seinen Schreibtisch, bat mich, Platz zu nehmen, und nahm ein von der Helferin bereitgelegtes Schriftstück in die Hand.

„Dem Bericht des Kollegen entnehme ich, dass Sie die Notwendigkeit einer therapeutischen Behandlung eingesehen haben, und ich schließe mich hierin dem Vorschlag meines Kollegen an."

‚*War dann wohl doch kein schwatzhaftes Geplapper sondern ärztliche Hilfestellung, dass er den Neurologen über mich informiert hat.*‘

„Ich werde Sie also – das benötigen Sie für Ihre Krankenkasse – an einen Psychotherapeuten überweisen. Hatten Sie schon einen bestimmten im Sinn?"

„Bislang nicht. Es ist für mich Neuland, und da …"

„Gut. Warten Sie."

Er griff zum Telefon.

„Machen Sie bitte für Herrn von der Wied die Überweisung zur Psychotherapie fertig. Zunächst für sechs Sitzungen, und drucken Sie ihm bitte eine Liste der in

Frage kommenden Therapeuten aus", beauftragte er eine der Arzthelferinnen im Eingangsbereich.

„Ich dachte, Sie würden mich selbst in Ihre Obhut nehmen."

„Würde ich ja gern, aber dann müssten Sie einige Monate warten, bis ich Ihnen einen Behandlungstermin geben kann, und das sollten Sie in Ihrem Zustand besser nicht."

Vermutlich sah er das Risiko, dass ich dann bereits zur Therapie untauglich sein würde.

Am Helferinnentresen bekam ich die beiden Formulare. Im Überweisungsbogen war in einer Liste von lateinischen Begriffen eine Zeile unterstrichen, in der die Abkürzung ‚suiz.‘ vorkam.

8.

Es kam plötzlich. Auf einmal endeten alle Gedanken im vernichtenden ‚*Nein!*‘. Ohne ersichtlichen Grund. Lag es am Neurologenbesuch? Wenig wahrscheinlich. Eigentlich kam es immer überraschend. Ich ging in Gedanken den gestrigen Tag noch einmal durch. Eigentlich ein schöner Tag:

Golf mit Peter. Nicht gut, aber erfolgreich. Anschließend ein Schoppen Weißherbst auf dem Giersberg. Ich kam fröhlich nach Hause, heizte die Sauna an, entspannte in ihrer wohligen Wärme, aß mit bestem Appetit, trank viel Mineralwasser, ging müde und entspannt ins Bett und schlief sofort ein.

Beim Aufwachen bemerkte ich es noch nicht gleich, erledigte die üblichen morgendlichen Badezimmeraktivitäten, nahm auf der Waage anerkennend ein angenehm niedriges Körpergewicht wahr, fütterte die Katze, hängte die über Nacht gewaschene Wäsche auf, und dann war es da:

Frühstücken? Was? Müsli wäre gesund. Kein Bock. Brötchen warm machen? Wozu? Eigentlich nicht nötig. Eine große Tasse Milchkaffee tut's auch. Ist auch besser, wenn ich weniger esse. Dabei Zeitung. Nur das Titelblatt. Langweilig. Musik zum Kaffee? Kann mich zu keiner CD entschließen. Setze mich wieder. Mache dann doch die CD von gestern wieder an. Ist aber nicht die, die ich vermutet hatte. Wüsste keine andere, die ich hören möchte, mache sie wieder aus. Lese langweilige Zeitungsartikel, da ich keine interessanten entdecke. Streit um Energiepreise und Militäreinsatz in einem fernen Krisengebiet.

Die Katze will raus. Ich versuche, es ihr auszureden, nützt aber nichts. Öffne ihr die Terrassentür. Räume den Tisch ab, räume die Spülmaschine aus, fülle das Geschirr vom Frühstück ein.

Und jetzt? Fotos ordnen für das Album von Ulrikes 70. Geburtstag? Kann ich später, wenn ich auch noch Gretels Bilder habe. Hab auch überhaupt keine Lust dazu. Gartenarbeit? Nicht jetzt. Am Roman weiterschreiben? Nicht in Stimmung. Was soll das auch? Nimmt doch kein Verlag. Und wenn schon. Wozu einen Roman schreiben? Quatsch. Eitelkeit. Obwohl, das ist ja eigentlich nichts Schlechtes. Trotzdem. Jetzt nicht.

Ich schaue nach neuen E-Mails. Heike antwortet mit einem Automatikantworttext. Wusste gar nicht, dass es so etwas bei Privatpersonen gibt. Ist im Urlaub. Sophie bestätigt einen Termin im Café. Morgen 15 bis 16 Uhr. Ich habe sie noch nicht gesehen, seit sie Zwillinge erwartet. Ob sie jetzt heiratet? Paul Laban bittet um ein vertrauliches Gespräch. Er hat Gesundheitsprobleme. Eigentlich alles zu kompliziert. Ich will nicht. Werde aber dennoch hingehen. Sage zu.

Der Rest ist Werbung. Eine Woche Nilkreuzfahrt ab 399 €. Im Januar. Warum nicht? Auch Quatsch. Viel zu lästig, mich darum zu kümmern. Sonderangebote bei Amazon. Ich klicke an, gebe aber sofort auf. Schade ums knappe Geld. Und überhaupt.

„Ich kann nicht mehr."

„Ich will nicht mehr."

„Wie lange denn noch?"

„Und warum überhaupt?"

„Wann darf ich endlich weg?"

„Ich will nicht mehr, ich will nicht mehr, ich will nicht mehr!"

„Es war alles gut. Ich habe alles gehabt. Wozu dann jetzt noch weiter? Immer wieder dasselbe? Russland, China, jetzt Ägypten? Wozu?"

„Ich will nicht mehr!"

„Lasst mich endlich gehen!"

Ich verfalle, von mir selbst unbemerkt, in Zwiegespräche und in fremde Sprachen:

„Où es-tu, Souzie? Écoute, je ne peux plus, je ne veux plus! J'ai tout eu. Il a été bon. Très bon. Superbe. Mais je ne veux plus!"

Ich gehe in den Garten, binde eine Staude an, um sie vor dem Wind zu schützen, zupfe ein paar Unkräuter aus. Dann kommt die nächste Welle.

„Wozu das Ganze? Ich will nicht mehr!"

Immer derselbe Text.

Es fängt an, in mir zu kochen. Jähzorn. Ich möchte schreien, rennen, etwas zerschlagen. Aber wozu? Nichts fehlt mir. Eigentlich. Und trotzdem diese unerträgliche Unzufriedenheit und Zerstörungswut. Gegen alles. Ich trample wütend Blumen nieder, halte dann wie gelähmt inne. Erschöpft. Beschämt. Unfähig, etwas zu tun, zu denken, nur ‚Weg!' Aber wohin?

Ich beseitige die Spuren des Anfalls, schleudere die kleine Harke gegen die Garagenwand, erstarre von neuem und gehe schließlich langsam ins Haus, setze mich vor den Fernseher, handlungsunfähig. Lasse ihn aus. Mache ihn dann doch an. Sehe mir eine Serie mit schönen jungen Menschen an. Nur kurz. Dann zappe ich weiter, bis ich ausmache. Vor mich hin döse, an meine Kinder denke, mit feuchten Augen aufstehe und mir etwas zum Essen mache. Unnötigerweise. Es schmeckt trotzdem. Zu gut. Zu viel. Aber immerhin etwas.

Mahlzeit!

Zu Lea? – Zu jung. Spar ich für schöne Stunden auf. Helga? Wäre vielleicht nicht schlecht. Aber ich bin unzumutbar. Will mich bei ihr lieber nicht noch älter präsentieren als so schon. Gudrun? Nein. Will ich auch nicht schon wieder als Seelenmülleimer belasten.

Ulrike? Kennt auch inzwischen alle meine Probleme. Kann mir gut vorstellen, wie das läuft. Nimmt mich einfach nicht ernst. Wie sollte sie? Tu ich ja selbst nicht. Die es merken würden, kann ich jetzt nicht besuchen. Nicht einmal anrufen. Die Kinder möchte ich nicht belasten. Nicht mit mir.

Also am besten doch zu Ulrike, die sich verhalten wird, als ob sie nichts merkt. Vielleicht denkt sie auch, ich hätte mich über irgendetwas geärgert. Dann fragt sie: ‚Ist was?' Und wenn ich ‚nein' sage, ist es erledigt. Dann habe ich halt schlechte Laune. Vielleicht ist es ja auch einfach so.

Nach einer Weile ist es dann meist vorbei. In den Hintergrund geraten, und ich spüre es nicht mehr. Bin abgelenkt. Meist bleibe ich über Nacht. Am Morgen geheilt. Vorübergehend. Bis es wieder losgeht. Plötzlich. Ohne ersichtlichen Grund.

9.

In der ‚*Zypresse*' vom 11. Juli las ich nach, ob man unsere Kleinanzeige wirklich gedruckt hatte. Quatsch eigentlich. Warum sollte man nicht? Natürlich hatte man. Genüsslich las ich noch einmal unseren Text:

Hübsche Begleiterin gesucht. Mit Schulabschluss. Als Lebensgefährtin auf Zeit an der Seite eines coolen Pensionärs. Für eine Lebensabschiedsreise. Dauer zwei bis drei Wochen. Beginn: zweite Augusthälfte. Reiseziel: Rundreise in Europa. Alter nicht über 40. Thai bevorzugt. Verständigung auf Deutsch, Englisch, Französisch oder Spanisch.

Um zu erkunden, was sich bei der Konkurrenz tut, studierte ich unter ‚Kontakte' und ‚Reisen' die einschlägigen Suchanzeigen. Offenbar gab es etliche reisefreudige Lüstlinge. Immerhin, unsere Anzeige war die größte und detaillierteste.

Zu meiner Überraschung verirrte ich mich anschließend auf die Nebenseite mit den Angeboten – weiß Gott, wie ich dahin geraten war, falls der es überhaupt weiß, seine Idee war es ja wohl nicht – und stieß neben anderen mehr oder weniger verlockenden Angeboten auf die folgende Offerte[4]:

Junge, attraktive Studentin
sehr privat und diskret! Reife
Männer sind gerne willkommen!
T.0176-96506748

Ich nahm das Anzeigenblatt und machte mich auf den Weg zu Jochen. Der war nicht da. Mittwochs spielt er meist Golf. Also auf in Richtung Kirchzarten. Vielleicht war er schon da. Wenn nicht, würde ich Zeitung lesen und auf ihn warten.

Treffer. Sein Wagen stand vor dem Clubhaus. Von Jochen keine Spur. War wohl im Gelände. Zwar konnte ich ihn von der Terrasse aus nicht sehen, aber mit Sicherheit würde er noch hereinschauen, bevor er abfährt. Also einen Caipi zur Überbrückung und Einstimmung auf unser Treffen.

Um die Zeit war das Restaurant wie ausgestorben. Außer mir nur die Bedienung, die, da ich mich, meinen Aperitif erwartend, auf einen der Hocker an der Bar gesetzt hatte, von der Restaurantserviererin zu Bardame mutierte, was ihr gut stand. Und überhaupt.

Sie war neu hier. Zumindest hatte ich sie noch nie gesehen. Ausländerin. Groß, schlank, schwarzes Haar, schmales Gesicht, markante Nase, um nicht zu sagen Zinken. Das Ganze kräftig geschminkt. Rollkragenpulli. Schwer zu sagen, was echt war von dem, was sich darunter abzeichnete. Keine Asiatin zwar, aber als willige Reisebegleiterin hätte ich sie nicht ungern um mich gehabt.

Eigentlich bin ich ja nicht so. Dachte ich wenigstens immer. Aber seit dem Abend mit Jochen sah ich alle Frauen plötzlich mit anderen Augen. Stellte sie mir als Begleiterinnen vor. Erst jetzt fiel mir auf, wie viele Asiatinnen in Freiburg herumliefen. Und bedauerte es bei den anderen, wenn sie mir, wie erstaunlich viele – das Alter macht genügsam - , besonders gut gefielen, dass sie keine Mandelaugen hatten und somit nach dem Ergebnis von unserem Brainstorming eigentlich für meine Planung nicht infrage kamen. Na ja, ‚eigentlich‘, was heißt das schon. Und außerdem, Gedanken sind frei.

Unglaublich, wie sich vor meinem inneren Auge jedes Mal, zumindest bei jeder einschlägigen Entdeckung, unablässig die schönsten Szenen einer phantastischen Reise abspielten. Abends trat die eine oder andere Schöne dann wieder aus meinem sonst so schwächelnden Kurzzeitgedächtnis hervor, und es begann ein virtuelles Casting.

„Nichts los im Augenblick", versuchte ich einfallslos die Stille zu entschärfen, die sich zwischen uns gedrängt hatte, seit ich mich, ihr Lächeln genießend, für meinen Caipi bedankt hatte. Sie hatte sich hinter dem Tresen an den Gläsern zu schaffen gemacht, als offenkundig wurde, dass ich mit Nachdenken beschäftigt war. Mit Gedanken, von denen sie vermutete, dass ich sie nicht teilhaben lassen wollte – freilich eine weit von der Realität entfernte Unter- stellung. Wenn die gewusst hätte! – Vielleicht wusste sie ja doch. Frauen sind manchmal so. Wissen einfach. Dass sie mit Sicherheit bei meinem abend- lichen Casting antreten würde, das freilich konnte sie wohl kaum ahnen. Und wenn schon. Soll sie doch. Dennoch schien mir das ein zwar verlockendes, aber im Augenblick noch unpassendes Gesprächsthema zu sein. Man kannte mich hier. Techtelmechtel mit dem Personal war zwar üblich, galt aber offiziell als rufschädigend. Offiziell. Das heißt, unter Männern eigentlich weniger. Im Gegenteil. Aber das blieb ja unter uns. Stets kursierten die abenteuerlichsten und immer wieder ebenso gern preisgegebenen wie gehörten Gerüchte. Berichte von charmanten Aben- teuern, die offiziell nie stattgefunden hatten, aber dennoch oder gerade deshalb männlichem Image zu besonderem Glanz verhalfen.
Auch ich hatte bisweilen meine Narrenfreiheit ausgenutzt und mit frechen Eulenspiegeleien zur allgemeinen Belustigung beigetragen. Ich hatte gut reden. Schließlich war ich ein geschiedener, freilau- fender Mann, ein Status, um den mich die Aktiveren meiner männlichen Altersgenossen unverhohlen beneideten – und wegen dem mich mitleidige Frauen

in gesunder weiblicher Selbstüberhebung zu bedauern pflegten, was nicht in jedem Falle, aber in gewissen Ausnahmen eben doch, auch seinen Vorteil haben konnte, den ich, kam es dazu, nicht ungern nutzte.

Mein plumper Start in die Konversation wurde positiv aufgenommen.

„Die Stille vor dem Sturm", gab sie zurück, womit sie eine für eine Ausländerin ungewöhnliche sprachliche Versiertheit an den Tag legte, die ihrem ohnehin bereits nicht mehr ganz leeren Punktekonto meiner Kandidatinnenliste einen nicht unerheblichen Zuwachs bescherte.

„Und wie haben Sie es lieber? Still oder stürmisch?", fragte ich, und hoffte, als es heraus war, dass sie den Unterton nicht wahrnahm.

Ein wenig die Empörte spielend, aber mit einem verstehenden Lächeln, sah sie mich an.

„Und Sie?", spielte sie herausfordernd den Ball zurück und schaute ihren einzigen Gast für einen Augenblick lauernd an. Dann, als sie sich meiner neugierigen Aufmerksamkeit versichert hatte, schmunzelte sie schelmisch und entschärfte ihre Frage:

„Fühlen Sie sich wohler mit Dutzenden von Clubmit-gliedern um Sie herum oder so allein an der Bar?"

„Ich fühle mich keineswegs allein. Aber ich dachte bei meiner Frage mehr an Sie" – was ja durchaus zutraf – „und fürchtete, Sie langweilen sich, so ganz ohne Gäste im Club."

„Ganz ohne?" – wieder ein herausforderndes Lächeln „Einer ist immerhin da. Und ob ich mich mit ihm langweile, hängt von ihm ab."

Ich sah uns schon zusammen als Gäste bei meinem Studienfreund Hans-Dieter. Die wäre das richtige Zielobjekt für ihn. Schlagfertig und kampfbereit.

Würde ein toller Abend – von der Nacht ganz zu schweigen – es sei denn, sie würde ihm in spontaner Fahnenflucht erliegen – sie wäre nicht die erste – und ich ginge leer aus.

Das Hinzukommen eines Golfkollegen riss mich aus meinen schönen Gedanken. Er grüßte mich kurz, streckte der jungen Frau quer über den Tresen an mir vorbei seine Hand hin und stellte sich vor.

„Dr. Xaladis".

Und als wolle er sich von seinen ausländischen Wurzeln distanzieren, fügte er hinzu:

„Ja, ich hatte einen griechischen Urgroßvater. Aber auch der war schon als Sohn eines Arztes in Deutschland geboren, genauer gesagt: in Wien. Und nun bin ich in seine Fußstapfen getreten. Arzt, ebenso wie mein Vater. Sportarzt übrigens. Und Allergologe. Wenn Sie also...“

„Tut mir leid“, erwiderte sie höflich, „aber ich bin kerngesund.“

Und mit einem Lächeln, dessen versteckten Spott Dr. Xaladis – im Club heimlich nur Dr. XL, von einigen Damen gar Dr. XXL genannt - geflissentlich übersah, fragte sie:

„Darf ich Ihnen etwas bringen?“

„Einen Cappuccino bitte. Lieber würde ich mit einem Mojito mit Ihnen auf unsere junge Bekanntschaft trinken. Aber besser kein Alkohol. Ich muss noch fahren. Und wenn mich die Polizei erwischt, sehe ich echt alt aus.“

„Apropos alt, wie geht es eigentlich Ihrer Frau?“, platzte plötzlich eine muntere Männerstimme in den Flirtversuch. Jochen.

Dr. XL drehte sich erschreckt um.

„Was fällt Ihnen ein?“, kam es verwirrt zurück. Dr. XL machte Anstalten aufzustehen und Jochen neben mir Platz zu machen.

„Und Deine?", wandte Jochen sich an mich, „Hab sie lange nicht mehr gesehen. Ist sie krank?"

„Nein, tot", antwortete ich mit großem Ernst. „Hab sie endgültig begraben."

Versteinerte Gesichter sahen uns an.

„Meine Heiratspläne", fügte ich mit ernstem Gesicht hinzu, „habe ich begraben. Alle. Endgültig. Vergiss es."

Und dann füllte unser jungenhaftes Seniorenlachen den Raum. Es war ein abgekartetes Spiel zwischen uns. Stammte ursprünglich aus einem Sketch von Heinz Ehrhard. Machte aber immer wieder Freude, es zu spielen.

„Ach bringen Sie mir den Cappuccino doch bitte auf die Terrasse nach draußen. Die Sonne ist durchgekommen."

„Sehr gerne, Herr Doktor."

Sie schmunzelte. Dr. XL nickte uns kurz zu und entfernte sich.

„Na? Anzeige schon aufgegeben?"

Jochen grinste von einem Ohr bis zum anderen.

„Zeig her", und er griff nach dem Anzeigenblatt.

„Tut mir leid", entschuldigte ich mich bei der Bardame, zahlte meinen Caipi und stand auf, „wir müssen dringend etwas mit einander besprechen."

„Streng geheim!", frotzelte Jochen.

„Schon gut. Verstehe", lachte sie und zwinkerte mir zu, als hoffe sie auf gelegentlichen Nebenverdienst. Für Körper, Geist und Seele. Versteht sich. Wer spricht denn von Geld?

„Aber doch noch Eins bitte", wandte ich mich noch einmal an sie, bevor ich mit Jochen zur Tür ging, „sind Sie jetzt immer hier?"

Festhalten und weitersuchen – die alte Studentenstrategie.

„Von Mittwoch bis Freitag."

„Schön zu wissen."

Erneutes Augenzwinkern. Diesmal von mir.

10.

Sofort hatte Jochen die Anzeige entdeckt. Die von der Studentin. Ich hatte sie markiert.

„Hunger auf Frischfleisch?", mokierte er sich.

„Etwas abgegriffen, deine Ausdrucksweise."

„OK. Abgegriffenes Frischfleisch. Passt ja bei der Rubrik."

„Klingt aber nicht schlecht. Oder?", beharrte ich.

„Ich denke, du suchst eine Thai."

„Steht nicht dabei, woher sie kommt."

„Ständ da aber, wenn's eine wäre. Gilt doch als schick."

„Studierst wohl auch immer diesen Anzeigenteil?"

„Klar!"

„Und wenn es eine Hiesige ist", kam ich auf das eigentliche Thema zurück, „na wenn schon. Vielleicht hat sie Kolleginnen. Vielleicht sogar asiatische."

„Stimmt. Und sie teilen sich eine Wohnung für ihren Nebenverdienst."

„Können die alten Herren schließlich nicht im Studentenwohnheim empfangen."

„Oder sie kennt eine und reicht dich weiter."

„Fragen jedenfalls könnte man ja wenigstens."

„Am Telefon kriegen wir da bestimmt keine Auskunft."

„Also?"

„Verabreden."

„Du oder ich?"

„Ist es dein oder mein Problem?"

„Ich wollte dir endlich mal was gönnen. Wo es mit meiner Schwarzen schon nicht geklappt hat."

42

„War ja auch morgens um halb fünf.“

„Und du warst sternhagelvoll.“

„Du zahlst?“

„Halbe halbe. Und dann losen wir, wer geht“, schlug ich vor und fand mich sehr großzügig.

„OK. Aber wenn du selbst gehst, sehe ich nicht ein, wofür ich zahlen soll.“

„Willst mir also nicht auch was Gutes tun.“

„Ist doch schließlich …“

„War nur ein Scherz“, unterbrach ich ihn. „Natürlich zahl ich dann selbst.“

„Und wenn wir beide gehen?“, schlug Jochen vor.

„Dreier? Dann hält sie uns für Schnüffler.“

„Und das tust du lieber allein.“

„Ich meine ...“

„Spar dir deine Worte. Hab ich nur so gesagt.“

„Grau, ach, ist alle Theorie. Rufen wir an!“, drängte ich.

„Jetzt?“

„Hast du was Besseres vor?“

„Eigentlich nicht.“

„Na also. Hat doch was. Oder?“

„Du oder ich?“

„Mach du mal. Ich hab schon bei meiner Schwarzen gefloppt. Ich hör dir lieber zu. Kann bestimmt was von dir lernen.“

„Aber mit deinem Handy!“, bat Jochen. „Ich will nicht, dass ich nachher von ihrem Zuhälter angerufen werde.“

„Stimmt überhaupt. Besser vom Münztelefon.“

„Gibt es so etwas noch?“

„Am Bahnhof. Vielleicht auch in der Post.“

„OK.“

Anrufbeantworter.

„Bitte sprechen Sie nach dem Piepton. Ich rufe umgehend zurück."

Ich hängte ein.

„Was ist los?"

„Piepschau. Soll auf den AB sprechen. Offenbar will sie ebenso anonym bleiben wie wir."

„Gib mal her."

Jochen steckte Münzen nach und drückte auf Wahlwiederholung. Anscheinend war er erfolgreicher als ich. Nach einer Weile hörte ich, wie er sagte:

„Geht nicht. Rufe vom Münzfernsprecher an."

„Mal sehen, was sie jetzt macht", flüsterte er mir zu. Treffer. Er reichte mir den Hörer.

„Hallo, wen hab ich denn da?", kam es in akzentfreiem Deutsch.

„Sagen wir, den Karl", behauptete ich. „Und wer bist du?"

„Dann bin ich Karoline."

„OK. Sagen wir Caroline de la Cypresse?"

„D'accord. Caroline de la Cypresse."

„Und wie lerne ich dich kennen?"

„Wie wär's morgen um 18 Uhr?"

„18 Uhr. Abgemacht. In der Abendsonne an einem der Tischchen vor dem ‚Haus der Badischen Weine' in der Alten Wache am Münsterplatz, ganz hinten neben dem Münster. Kennst du das?"

„Klar kenne ich das. Aber so geht das nicht. Musst schon zu mir kommen."

„Ich kann doch nicht einfach so aufs ‚Geratewohl' in dein Liebesnest marschieren. Kenne dich überhaupt nicht."

„Wird sich dann ja schnell ändern."

„Und wenn du mir nicht gefällst? Könnte ja immerhin sein."

„Dann gehst du wieder."

„Ist ein Angebot. Finde aber meins besser. Ich erhöhe: 50 € Anzahlung, und ich lade dich zum Essen ein, egal wohin. Studies sind doch immer hungrig und haben kein Geld. Na? Was sagst du dazu?"

„Kompromiss: Du kommst zu mir, ich schau meinerseits, ob du mir gefällst. Wenn ja, gehen wir essen, sonst normales Programm."

„Kostet?"

„Ab 100. Je nach Service."

„Kann man drüber reden."

„OK. Morgen 18 Uhr Herrenstr. 21, 2. Stock bei Schwarze."

„Wo ist das?"

„Zwischen Münster und ADAC. Wirst du schon finden."

„Noch eins: Was studierst du denn?"

„So fragt man Leute aus. Tschüss, bis dann."

Es klickte. Vorbei.

11.

Nicht im Geringsten abgegriffen. Im Gegenteil: Blitzsauber, quicklebendig, blonder Pferdeschwanz, unauffällige aber wache Augen unter ebenfalls blonden Augenbrauen, Stupsnase, nicht einmal Makeup, soweit ich das beurteilen konnte – na vielleicht doch ein wenig um die Augen – , wirkte unheimlich natürlich für die Situation, in der wir uns trafen. Ohne äußere Gebrauchsspuren. Vielleicht ein wenig zu pummelig. Aber nur ein wenig. Konnte ich auch nicht so genau beurteilen. Erwies sich später als Fehleinschätzung. Trug diese blöde Kleidung mit Longshirt über den Jeans. Sweatshirt und Pullover darüber. Gottseidank Turnschuhe. Keine High Heels. Sowieso überhaupt nicht nuttig.

„Gehen wir?", fragte sie. Also gefiel ich ihr wohl.

Sie verschwand kurz in der Wohnung. Neugierig folgte ihr mein Blick. Die Wohnung, soweit ich so schnell sehen konnte, machte, ebenso wie das ganze Haus, nicht den Eindruck von versteckter Prostitution. Vielleicht wirklich nur eine Studentenwohnung. Abmarschbereit kam sie wieder zum Vorschein. Sogar ohne Handtasche.

„Und? Wohin?"

„Sie sagten, ich darf wählen. Dann wirklich am liebsten zunächst Aperitif beim ‚Haus der Badischen Weine', falls wir Platz bekommen. Beim Apero überlege ich mir dann, wie es weiter geht. Vielleicht zu dem indischen Restaurant in der Konviktstraße. Ist nicht ganz billig, aber toll. Kennen Sie die kleine Fußgängerstraße, die zum Schwabentor führt? Vielleicht können wir noch draußen sitzen. Mal sehen."

Als wäre es das Selbstverständlichste von der Welt und kennten wir uns seit Ewigkeiten, lief sie unbefangen voraus die Treppen hinunter zum Ausgang. Durch enge Gässchen kamen wir zum Münsterplatz. Wir unterhielten uns nicht, aber es war kein peinliches Schweigen.

Kurz vor der ‚Alten Wache' blieb sie stehen.

„Sie sind ein Gastprofessor. Einverstanden?"

„Welche Hochschule und welches Fach?"

„Jugendpsychologie, zu Gast in der PH in Freiburg-Littenweiler. Da ist gerade eine Fachtagung."

„OK. Muss ich was davon verstehen?"

„Wegen mir nicht. Und wenn einer fragt, irgendein fiktives Vortragsthema wird Ihnen schon einfallen."

„Schulische Unterbewertung des Gedächtnistrainings angesichts einer Gesellschaft, bei der das Know-How wichtiger geworden ist als das Know-Why", schlug ich vor.

„Könnte fast ein Tagungsvortrag sein. Vielleicht ein wenig zu reaktionär. Aber sonst… Waren Sie etwa bei der Tagung?"

„Seh' ich so aus?"

„Säße ich dann jetzt hier?"

„Danke!"

Wir tranken zusammen einen Schoppen Grauburgunder. Nicht ganz meine Wahl, aber darauf kam es schließlich nicht an.

'Wie konnte ich es einfädeln, zu meinem Thema zu kommen, ohne sie zu verscheuchen?', war die Frage, die mich - wie sich zeigen sollte unsinnigerweise - die ganze Zeit beschäftigte, statt den vielversprechenden Beginn des Abends und die außergewöhnliche Gesellschaft zu genießen. Noch hatte ich Zeit. Das erste Vorspiel hatte gerade erst begonnen.

In der warmen Abendsonne war es so angenehm, und sie machte keinerlei Anstalten aufzubrechen, sodass dem ersten Viertel bald ein zweites folgte.

Eigenartig, das Mädchen. Kein Ton von ihrem Nebenverdienst. Siezte mich sogar.

Als sie rausbekommen hatte, dass ich wirklich einmal Professor gewesen war, ergab sich eine zwanglose Atmosphäre wie in den schönen längst vergangenen Jahren meiner Hochschulzeit. Ich hatte das Gefühl, mich mit einer meiner Diplomandinnen zu einer lockeren Besprechung getroffen zu haben, und genoss es.

Sie führte mich weiter zum Inder. In der Tat eine gute Wahl.

Die Zeit verstrich wie im Traum.

Es ging bereits auf zehn Uhr zu. Nichts war geschehen, was mein eigentliches Ansinnen anging. Nur hatte ich mich bereits wieder vollkommen verliebt. Natürlich ließ ich mir nichts anmerken. Hatte ja auch keinen Sinn. Fünfzig Jahre zu alt. Noch mal zwanzig sein? Gern, in einem solchen Augenblick. Lieber noch: 30 und Assistent an ihrer Hochschule. Dann hätte ich gute Karten. Aber Unsinn. Alles wieder von vorne? Geschenkt.

„Satt? Nachtisch?"

Wir zahlten. ,Wir', sage ich, so vertraut waren wir inzwischen. Also: ich zahlte.

„Und jetzt?"

„Zu mir, denke ich."

Es durchfuhr mich. Noch nicht. Wenn überhaupt. Eigentlich überhaupt nicht. Oder ich müsste in einen Rausch von Jugendwahn geraten.

„Wie wäre es noch mit einem Kaffee oder Gläschen Wein oben im ,Greiffenegg Schlössle'? Es ist noch so lau, kein Wind, vielleicht können wir noch auf der Terrasse sitzen und zusehen, wie Freiburg zur Ruhe geht?"

Sie schaute mich amüsiert an.

„Angst?", fragte sie und schmunzelte.

„Sie verstehen sich offenbar nicht nur auf Jugend-psychologie."

„Ich beobachte Menschen."

„Und, was haben Sie entdeckt?"

„Ich sagte es. Und Sie haben es zugegeben. Finde ich sehr sympathisch. Beides."

Sie stand auf.

„Sie hatten wohl nie etwas mit einer Ihrer Studentin-nen, oder?"

„Nein. Wirklich nicht."

„Und jetzt stehe ich auf einmal vor Ihnen."

Was, wenn ich sie nun in den Arm nähme und an mich drückte?

„Nur zu, worauf warten wir?", munterte sie mich auf.

Ich sah sie erstaunt an. Offenbar war ihr klar, wie missverständlich ihre Aufforderung für mich war. Sie lächelte spitzbübisch und erlöste mich von meinen Befürchtungen:

„Hinauf zum ‚*Greiffenegg Schlössle*‘, bevor es auf der Terrasse zu kalt wird.“

Bei unserem nunmehr dritten Schoppen, also noch keineswegs alkoholisiert, brachte ich es heraus. Sie hörte aufmerksam zu, genau so, als gäbe ich einen Kommentar zur Gliederung ihrer Bachelorarbeit. Dabei erläuterte ich ihr doch gerade das Konzept für meine eigene Abschlussarbeit.

„Und nun wollen Sie also eine Abschiedstournee machen und mit mir Eindruck schinden“, war ihr Kommentar, „oder soll ich lediglich als sexuelles Lunchpaket dienen?“

„Ich bin ehrlich: Von beidem etwas. Obwohl: Eindruck schinden eigentlich nicht. Vor allem, um nicht allein aufzukreuzen. Ich will keine Trauer und Bestürzung verbreiten, sondern das genaue Gegenteil.“

Sie schien belustigt. Schüttelte lachend den Kopf.

„Und wann?“

„Sie machen mit?“

„Wenn dann Semesterferien sind, überleg ich es mir.“

„Ende August, eher Anfang September. So genau kommt es mir nicht drauf an. Hängt davon ab, wann ich meine Leutchen antreffen kann.“

„Für zwei bis drei Wochen, sagen Sie?“

„So etwa.“

„Glauben Sie, wir kommen so lange mit einander aus?“

„Könnte ich mir von meiner Seite aus gut vorstellen. Würden Sie es denn mit mir aushalten?“

„Natürlich. Wäre ein Ferienjob. Dienstleistung. Müsste allerdings schon etwas einbringen. Und wenn wir ab und zu auch mal zwei Einzelzimmer nehmen“, überlegte sie, „und vielleicht zwischendurch für mich mal ein Tag zur freien Verfügung steht? Warum nicht? Wäre das drin?"

„Zwei Zimmer sowieso, wenn möglich. Fände ich auch besser, zumal ich schnarche. Und ein Tag Urlaub von einander, das ist keine schlechte Idee. Vielleicht möchte ich ja ohnehin mit dem einen oder anderen Freund – oder Freundin, entschuldigen Sie – auch mal lieber ungestört allein sein."

„Eine Wahnsinnsidee. Fände ich toll, dabei mitzumachen."

Ich traute meinen Ohren nicht.

„Auch beim Abschlussfest?"

„Ist doch das Sahnehäubchen. Na klar bin ich dabei, wenn wir uns bis dahin nicht zerstritten haben, aber ich hab da ein gutes Gefühl."

„Ich auch. Trinken wir noch einen? Ich hätte Lust, ganz traditionell wie in alten Zeiten auf *Du und Du* anzustoßen. Ich finde, das war ein sehr schönes Zeremoniell früher."

„Wie meinen Sie das?"

„ ‚*Auf Brüderschaft trinken*' nannte man es, wenn man die trennende gesellschaftliche Fessel des Distanz bewahrenden *Sie* in seltsamer Verschlingung der die Gläser hebenden Arme bei einem Schluck Sekt abwarf und man sich durch einen symbolischen Kuss das intime Recht des verbindenden *Du* verlieh. Schade, dass es das nicht mehr gibt."

„Warum nicht? Jetzt gleich oder nachher bei mir?"

„Du meinst…?", fragte ich verwirrt in ein voreiliges Du verfallend.

„Musst mich doch ein wenig näher kennenlernen. Kannst ja nicht die Katze im Sack kaufen. Vielleicht gefalle ich dir ja gar nicht."

Auch von ihr kam auf einmal das vertrauliche Du. Klang aber keineswegs nuttig.

50

„Da bin ich vom Gegenteil überzeugt. Wohnst du denn allein?"

„Zur Zeit ja. Sonst hätte ich es nicht vorgeschlagen."

Im Fahrstuhl hinunter in die Altstadt hätte ich sie am liebsten geküsst. Stattdessen stand ich plötzlich scheu neben ihr und traute mich nicht einmal, sie anzuschauen. Als wir den Fahrstuhl verließen, nahm ich ihre Hand.

„Lieber nicht. Nicht hier. Ich kenne so viele Leute in Freiburg. Später auf unserer Reise ist das etwas anderes. Nach Düsseldorf und dann nach Frankreich soll es gehen?"

„So habe ich mir das vorgestellt."

Ich fühlte mich wacklig in den Beinen, als wir das Altbautreppenhaus zu ihrer Wohnung hinaufstiegen. Ein wenig fing ich an zu schnaufen. Aber zwei Stockwerke, das ging noch.

Wir betraten die Diele einer geräumigen studentischen Zweierwohngemeinschaft.

„Da ist das Zimmer meiner Mitbewohnerin. Da sollten wir nicht rein. Sie macht zurzeit ein Praktikum in Spanien. Der Rest steht zu unserer Verfügung."

Als wollte ich einziehen, zeigte sie erklärend auf die übrigen Türen:

„Küche, Bad, mein Zimmer und der Fernsehraum."

Sie ging in die Küche und kam mit einer Flasche Crémant de Loire und zwei Gläsern wieder.

„Wo wollen wir hin?"

Ich war unschlüssig. Was wollte ich eigentlich hier?

„Ich schlage vor, wir gehen in mein Zimmer. Fernsehen wollen wir ja wohl nicht. Und auf der Couch nebeneinander oder in Sesseln am Tisch, das ist so steif. Nachher gehen wir ohnehin zu mir rüber."

Ich stand unschlüssig in der Diele. Kam mir uralt vor. Plötzlich Bordellkunde. Gleichzeitig fühlte ich mich,

als besuchte ich erstmalig meine studierende Tochter
– oder gar Enkelin – am fernen Studienort.

„Komm, öffnest du die Flasche? Wir wollten doch
vorher offiziell auf unsere Bekanntschaft anstoßen."

Vorher? Wollte ich wirklich das Nachher? Ich folgte
ihr in ihr Studentinnenzimmer. Sie reichte mir die
Flasche, stellte die Gläser auf den Nachttisch und
warf sich auf das Bett.

„Puh! Mir ist ganz wirr im Kopf. Muss das erst mal
alles richtig verdauen. Verrückte Idee."

Ich öffnete den Sekt. Behutsam. Ohne Knall. Und
füllte die Gläser. Das nächste Mal, stellte ich mir vor,
stehen wir vielleicht am geöffneten Fenster einer
engen mittelalterlichen Burgkemenate, und ich
schieße den so lange eingepferchten Stopfen mit
lautem Knall in die Freiheit.

Als ich eingeschenkt und mich mit den beiden
gefüllten Gläsern in der Hand nach ihr umsah, sprang
sie auf, ergriff eines der Gläser und prostete mir zu.

„Auf unser tolles Spektakel!"

Sie leerte das Glas in einem Zug, und ich tat es ihr
gleich. – Hastig stellte sie unsere beiden Gläser
zurück, drehte sich zu mir um und nahm mich in ihre
Arme – eine Geste, zu der ich mich nicht getraut
hatte. Wäre es an mir gewesen?

So plötzlich wie sie die stürmische Umarmung
begonnen hatte, brach sie sie auch wieder ab.

„Bin gleich wieder da. Leg dich so lange, wenn du
willst."

Ich folgte ihrem Vorschlag.

„Aber nicht, dass du einschläfst!", flüsterte sie mir ins
Ohr und verschwand.

Wasserrauschen: Toilettenspülung. Dann Dusche.

Mit einem knallroten Longshirt bekleidet kam sie
zurück, legte sich neben mich und verbreitete verführerischen Duft. Etwas zu intensiv.

„Willst du auch?"

Ich nickte und ging ins Bad.

Als ich wiederkam, trug ich mangels eigenen Duschgels den gleichen Duft. Ich kam mir komisch vor mit Boxershorts, Polohemd und ihrer Duftnote. Wenn mich Jochen so säh und röche, würde er sich totlachen.

Sie hatte die Gläser nachgefüllt und saß auf der Bettkante. Als sie mich sah, stand sie auf, streifte ihr Shirt über den Kopf und kam mir splitternackt entgegen.

Unter dem warmen Wasser hatte ich in Ruhe einen Entschluss gefasst, wie ich den Abend als vielversprechenden Auftakt des Gesamtprojekts krönen würde. Unter dem Einfluss des unvermeidlichen kalten Schlussaktes meines Duschzeremoniells hatte mein vorher in erhebliche Verwirrung geratener Körper friedfertige Zustimmung signalisiert.

„Ich hab eine Bitte", begann ich, den dargebotenen Mädchenkörper zur Überraschung meines Leibes nun doch beim Nachholen des Duzzeremoniells lustvoll an mich drückend. „Es ist der erste Abend. Auftakt sozusagen für unser abenteuerliches Vorhaben. Ich möchte meinen Einstand geben. Allerdings nicht so wie du meinst. Ich möchte dich verwöhnen, so gut ich kann. Wenn du erlaubst, werde ich dich einfach nur massieren. Danach leeren wir noch einmal gemeinsam unsere Gläser mit den letzten Tropfen unseres Crémants und belassen es dabei. Für heute."

Wortlos reichte sie mir ihre Bodylotion und legte sich aufs Bett, als sei es von vornherein so geplant gewesen.

Es waren vielleicht die lustvollsten Momente unserer Beziehung, und es fiel mir schwer, mich loszureißen, als sie mit Blick auf meinen Körperzustand fragte: „Willst du wirklich nicht?"

Aber ich blieb bei meinem mönchischen Entschluss. Noch einmal legte ich mich für ein paar Minuten ruhig neben sie, mit der Hand ihren jugendlichen Rücken streichelnd, bis hin zu seinem wohlgeformten unteren Ende, soweit es mir schicklich erschien.

Dann stand ich auf, steckte die versprochene Summe unter die leere Flasche auf dem Nachttisch, zog mich an, genoss einen liebevollen zärtlichen Abschied und verschwand.

12.

„Na, hast du die Zauberin gefunden, die dir deinen letzten Traum erfüllen möchte?"

„Ich hoffe."

„Hoffst?"

„Ja, hoffe. Mehr nicht. Wenn sich etwas besonders Schönes ankündigt, habe ich immer Angst, dass es am Ende nicht stattfindet."

„Verstehe. Verliebt. Nicht zu übersehen. Erzähl."

„Gar nichts verstehst du. Sie müsstest du sehen. Vorher verstehst du überhaupt nichts. Ein Traum."

„Lass mich mitträumen."

„Hatte ich nicht so direkt gemeint. Schon mal was von einer Metapher gehört?"

„Abgegriffenes Frischfleisch. Ist das eine?"

„Ich glaube, du tust mir nicht gut heute."

„Wie wär's mit ‚Dulcinea‘[5]?"

„Wenn du die von Toboso meinst…"

„Ja. Meine ich: *denn der fahrende Ritter ohne Liebe ist ein Baum ohne Blätter und Frucht, ein Körper ohne Seele.*"[6]

„Ist wohl dein neues Lieblingsbuch."

„Lese ich, seit ich dich in dein neues Abenteuer begleite."

„OK, Sancho[7].“

„Sollen wir uns wieder vertragen – mein edler Ritter?“

„Tun wir doch immer.“

„Seh‘ ich auch so.“

„Gut, also ein Kurzbericht.“

„Darf ich raten?“

„Bitte.“

„Erstens: Die Studentin war wirklich eine Studentin.“

„Richtig.“

„Wäre es nur Masche zur Abzocke gewesen, hättest du dich nicht verliebt.“

„Könnte sein.“

„Zweitens: Sie war zu dir, als wäre sie deine Tochter.“

„Wie stellst du dir denn mein Verhältnis zu meiner Tochter vor?“

„Ich meine ja nur in puncto höflichem Umgang, Nachsicht und so. Du weißt schon. Wie soll ich sagen, lieb, nett, einfühlsam, rücksichtsvoll und … Augenblick, Cervantes beschreibt das besser.“

Jochen zog ein Büchlein aus der Tasche und blätterte kurz.

„Hier, ich hab‘s: ‚höchster Inbegriff aller Schönheit, Gipfel und Vollendung aller Klugheit und Bescheidenheit, Rüstkammer der anmutigsten Holdseligkeit, Vorratshaus aller Sittsamkeit, Vorbild alles dessen, was es Ersprießliches, Sittenreines und Erquickliches auf Erden gibt‘ . Meintest du das?“

„OK. Dann stimmt es.“

„Hatte sie nicht geschrieben, dass sie pfleglich mit reifen Männern umgeht?“

„So ungefähr.“

„Drittens, ich hatte es schon angedeutet, du findest sie so nett, dass du dich verliebt hast.“

„Weiß ich noch nicht. Muss ich drüber nachdenken. Aber wahrscheinlich hast du Recht."

„Viertens, du hättest ja gern…, sie war auch willig…, hast aber mal wieder nicht…"

„Wohltuend, wie vollkommen du mich verstehst, wenn ich einfach nur sage ‚Ich hoffe' und ‚ich habe immer Angst, wenn sich etwas Schönes ankündigt, dass es am Ende nicht stattfindet'."

„Du hast eben die hinreißende Gabe, dich durch wenige Worte vollständig zu verraten."

„Danke."

„Gerne. – Und wie soll es nun weitergehen?"

„Ich glaube, ich kann meine Freunde anrufen und sagen, dass ich bald komme…"

„Und Freundinnen."

„Klar. Wie 'Lieferantinnen- und Lieferanteneingang'. Wollte sagen, ich kann jetzt wohl Termine festmachen."

„Gratuliere. Obwohl: Schade eigentlich, dass es so schnell gegangen ist. Hab überhaupt nichts davon gehabt. Sollen wir die Antworten auf unsere Anzeige nicht wenigstens mal in Augenschein nehmen und zu einem Casting einbestellen?"

„So als Jux, meinst du?"

„Genau. Wie Dieter Bohlen."

„Das gefiel dir wohl. Lüstling."

„Würde Spaß machen. Wir bestellen alle Bewerberinnen auf einmal. Als Gaudi. Gut, hast schon recht. Etwas unfair. Aber wenn dann was für mich dabei ist… Könnte ja auch mal 'ne Reise machen. Vielleicht nicht ganz so weit wie du."

„Warst du nicht mal verheiratet?"

„Sei ruhig. Offiziell immer noch. Aber nicht mehr lange."

13.

Ohne lange Höflichkeitsformen auszutauschen, bat mich der Psychologe, Platz zu nehmen, während er an den Schreibtisch ging und meine, wie ich vermutete, noch jungfräuliche Akte zur Hand nahm.

„Schön, dass Sie so schnell einen Termin für mich hatten", begann ich.

„Das verdanken Sie dem Facharzt für Psychiatrie, der Sie an mich verwiesen hat."

So ganz unbefleckt schien meine Akte doch nicht zu sein. Naive Unschuldsvermutung, wie so oft.

„So?", fragte ich. „Meinte Ihr Kollege, es sei Gefahr im Verzuge?"

„So ungefähr."

„Wir leben in einer seltsamen Welt."

„Aber immerhin, wir leben."

Ohne groß vorher darüber nachzudenken, hatte ich mir kein helles modernes Büro, große Fenster, Designerschreibtisch und Besprechungsecke mit cool gestyltem Mobiliar vorgestellt, sondern eher einen Anflug von verstaubter Jahrhundertwendeatmosphäre mit Couch und daneben einen alten Polsterstuhl in Spitzwegumgebung erwartet, wie ich es aus dem Kino kannte.

„Ach vorab noch: Ist es Ihnen recht, wenn ich unser Gespräch aufzeichne?", fragte er. „Es könnte uns später vielleicht einmal hilfreich sein."

„Kein Problem."

Mein neuer Hirte war auch keineswegs der Pfeife rauchende gütige ältere Herr, weißhaarig in zerschlissenem grauem Anzug aus der Filmkiste, sondern ein sportlicher junger Mann in Jeans und offenem weißem Tennishemd. Inzwischen hatte er sich mir gegenüber gesetzt, musterte mich ungeniert und verbreitete ätzenden Herrenduft. Schwul war ich wohl wirklich nicht. Ich versuchte, mir einzureden, es wäre der verheißungsvolle Duft von Caroline. Gelang leider nicht so ganz. War aber eine schöne Vorstellung.

„Sie sehen keineswegs leidend aus", gab er das Ergebnis seiner Visualanalyse preis.

Wollte er, dass ich protestiere? Ich tat ihm den Gefallen:

„Ach, wenn Sie wüssten!", heuchelte ich zerknirscht, um seine Menschenkenntnis zu testen.

Aber es hatte wohl nicht recht überzeugend geklungen.

„Wollen Sie hier eine Show abziehen?"

Klang nach Zurechtweisung. Fühlte er sich auf den Arm genommen oder rügte er mein Klagen?

Er erwartete keine Antwort. Die von ihm gewählte Sprachform allerdings suggerierte kumpelhaftes Verständnis.

„Sie sind Professor, sehe ich", dabei zeigte er auf seine Akte.

„Darf man fragen, welche Fachrichtung?"

Fürchtete er wissenschaftliche Konkurrenz? Ich sollte mir mal seine Doktorarbeit aus der UB holen.

„Mathematik", gab ich an. Meine Erfahrung sagte mir, dass das Wort Mathematik bei fast allen Menschen Respekt, wenn nicht gar Ängstlichkeit hervorrief.

„Aber das ist lange her", ergänzte ich beruhigend.

„Leider!", fügte ich gewohnheitsmäßig an, und mir wurde sofort klar, dass es ein entscheidender Fehler gewesen war. Nun hatte er einen Anhaltspunkt. Richtig. Er notierte etwas. 1:0 für ihn.

Er ließ sich seinen ersten Teilerfolg nicht anmerken und fügte gespielt abwesend hinzu:

„So, so, Mathematik also."

Mehr sagte er nicht. Aber er schaute mir erwartungsvoll in die Augen. Dachte er, ich würde jetzt losplaudern?

„Ist das nicht sehr trocken, Mathematik?", half er nach, als nichts kam.

„Sie denken vermutlich an die Statistik, mit der Sie sich im Studium haben quälen müssen. Ich kann sie ebenso wenig leiden wie Sie."

Ich beobachtete, wie ein kurzer Anflug von Lächeln über sein Gesicht huschte, aber gleich wieder hinter die Dienstmaske verbannt wurde.

„Das Schöne an meinem Beruf war es, mit jungen Menschen zusammenzuarbeiten und ihnen helfen zu können, auch mit so spröder und auf den ersten Blick langweiliger Materie zurechtzukommen, und, wenn ich Glück hatte, hier und da sogar Interesse und Lust auf mehr zu wecken."

Wieder eine Notiz.

Warum werde ich auch immer gleich so redselig, wenn mich jemand an meine Zeit als Hochschullehrer erinnert?

„Waren Sie erfolgreich?", fragte er erstaunlich direkt.

„Ich habe es so empfunden."

Neuerlich Arbeit für den Bleistift.

„Und jetzt sind Sie froh, dass Sie dieser Aufgaben enthoben sind, und freuen sich Ihres verdienten Ruhestandes."

Hörte ich recht? Ironie von Seiten eines Therapeuten? Das hätte Gelb, eigentlich sogar Rot geben müssen. Erstaunt sah ich ihn an.

„Sie haben recht", heuchelte ich mit ernster Miene.

Als er mich fragend ansah, rückte ich meine Antwort ein wenig zurecht:

„Das war ironisch. Wie von Ihnen eben. Ein Scherz."

Ich erinnerte mich an ein Pädagogikseminar.

‚Schreiben Sie nie einen Fehler an die Tafel. Und wenn es dennoch einmal unvermeidlich ist, etwa um vor eben diesem Fehler zu warnen, versäumen Sie nicht, ihn anschließend in leuchtend roter Farbe mit dicken Strichen durchzustreichen‘, hatte der Dozent uns eingebläut.

„Ein übler", tat ich zerknirscht.

„Sollte Ihr missbilligender Blick das ausdrücken?" Offenbar nahm er an, mich mit seiner Bemerkung schockiert zu haben. Recht hatte er. Die Interpretation meines Gesichtsausdrucks war ihm gelungen. Wodurch allerdings seine Worte schockierend auf mich gewirkt hatten, ahnte er nicht.

„Eigentlich nicht wirklich. Ich mag Ironie und Scherze. In Norddeutschland fühle ich mich als Rheinländer allerdings manchmal wie im Ausland, vor allem in Schleswig-Holstein, wo ich noch immer als Fremdling angesehen werde, der mit den deutschen Sitten und Gebräuchen erst noch vertraut gemacht werden muss. Immer wieder werde ich mit dem dummen Satz *‚Es gibt Dinge, über die scherzt man nicht‘* in die Schranken verwiesen. Wir vom Rhein sehen das nicht so eng. Wir können auch über Dinge scherzen, die wir sehr ernst nehmen. Über Frauen zum Beispiel. Bis hin zu uns selbst."

„Solange es nicht ans Eingemachte geht. Hab ich recht?"

„Würde ich nicht unbedingt sagen. Das ist doch gerade das Salz daran: jeder gute Witz enthält ein Körnchen Ernst und Wahrheit. Und je wahrer der ungewöhnliche Aspekt der Pointe, desto wirkungsvoller der Witz."

„Und desto gefährlicher."

„Stimmt. Es ist eine Gratwanderung, und ab und zu bin ich auch dabei schon abgestürzt."

„Abgestürzt?"

„Der Witz ist ein spielerisches Gedankenexperiment. Rational geht ja alles. Emotional ist das anders. Da gibt es leider Grenzen. Für jeden andere. Da lauert Verletzungsgefahr."

„Auch bei Ihnen?"

„Leider."

„Beispiele?"

„Ein Kollege. Die Geschichte wäre zu lange, sie zu erzählen. Der verlogenste und hinterhältigste Mensch, den ich erlebt habe. Leider erleben musste. Er hat mich in den vorzeitigen Ruhestand getrieben. Darüber kann ich nicht scherzen. Schaff ich nicht. Verdrängt. Nie verkraftet. Schwamm drüber."

Erneute Notizen. Fragte aber nicht nach. Ein Glück. Ich hatte keine Lust, die Geschichte mit Dr. Eberle aufzuwärmen. Hatte lange nicht mehr daran gedacht. Aber so ganz hatte ich das alles offenbar immer noch nicht verdrängt. Werde ich wohl nie.

„Und sonst? Noch mehr individuelle Tabus?"

„Wenige."

„Nennen Sie weitere Beispiele."

„Ein Film: ‚Das Leben ist schön‘. Er hat allgemeine Begeisterung ausgelöst. Ich fand ihn geschmacklos. Über ein KZ-Schicksal kann ich nicht scherzen. Finde ich, wie gesagt, geschmacklos."

„Worüber noch? Gibt es persönliche Dinge, über die Sie nicht scherzen mögen?"

„Leider."

„Darüber mögen Sie nicht reden?"

„Hab nichts zu verbergen. Schon gar nicht vor Ihnen. Sie wollen mich schließlich therapieren."

Ich überlegte, womit ich anfangen sollte.

„Da wären zunächst meine Kinder. Über deren Probleme mag ich keine Witze machen oder hören." Neuerliche Notizen.

61

„Und dann, wenn ich richtig verliebt bin oder auch nur war … Nein, meine Geliebten, und sei es in noch so ferner Vergangenheit, da leiste ich mir bis heute keine Blödeleien. Über Kleinigkeiten schon. Kleine Schwächen hat jeder. Aber nicht ernsthaft."

„Und Vater und Mutter? Ich nehme an, sie leben beide nicht mehr."

„Stimmt. Bin Vollwaise. Doch zu Ihrer Frage: Ob tot oder lebendig, ich glaube, das ist nicht so wichtig. Aber was meine Eltern betrifft, kein Tabu, doch ich wüsste nicht, worüber ich scherzen sollte. Fänd ich abartig."

„Sie nennen immer nur andere Personen. Wie ist es mit Ihnen selbst? Freigegeben?"

„Jeder Witz enthält Kritik. Allzu heftige oder bösartige Kritik würde mich spontan ärgern. Klar. Aber sonst, nein, ich glaube, das ginge. Ich lasse mich ganz gern durch den Kakao ziehen. Kommt allerdings darauf an von wem."

„Wie meinen Sie das?"

„Ein Vergleich: Ich bin sehr kitzlig. Aber wenn meine Kinder versuchten, mich zu kitzeln, tat es keine Wirkung. Sie konnten sich anstrengen wie sie wollten. Ich genoss es geradezu. Aber wehe es geschieht unerwartet oder durch eine fremde Person, vor allem wenn sie mir körperlich überlegen ist…"

„Interessant. Und Sie scherzen auch über sich selbst, wenn ich Sie richtig verstanden habe. Keine Tabus bei Ihrer Person?"

Ich überlegte. Immer wieder kam ich auf meine Beziehungen zu anderen. Da war ich empfindlich. Hatte ich aber eigentlich ja schon gesagt.

„Ihre Lebensführung? Geiz? Unpünktlichkeit? Berufsehre? Gesundheit?", half er nach. „Was haben Sie sonst für Angriffspunkte?"

„Alles OK. Muss sich natürlich im Rahmen halten. Gratwanderung. Sagte ich schon. Taktgefühl setze ich auch bei anderen voraus."

„Und selbst? Können Sie über alles scherzen, was Sie angeht?"

„Weiß nicht. Vielleicht überschätze ich mich. Aber eigentlich..."

„Über Ihr Alter?"

„Klar. Meine Golfmannschaft nenne ich immer nur Hospizgruppe, wobei ich mich natürlich einschließe."

„Ihr bevorstehender Tod?"

„Woher wissen Sie? Ach ja, Ihre Unterlagen. Bin ja überwiesen worden. Sie kennen die Anamnese."

Ich machte eine kleine Gedankenpause.

„Also mein Tod", begann ich von neuem. „Klar. Ja. Darüber scherze ich. Gern sogar. Auch wenn es manchem nicht gefällt. Das Thema gehört einfach zu meinem derzeitigen Leben wie in der Studentenzeit das Examen. Glücklicherweise weiß meine Umgebung nichts von meinem gesundheitlichen Zustand. Trotzdem muss man vorsichtig sein. Viele haben den Tod tabuisiert. Oder eine religiöse Sperre, wenn jemand allzu frei darüber redet."

„Allzu frei, wie meinen Sie das?"

„Kompliment. Ganz schön professionell, wie Sie sich in mich hineinschleichen. Aber bitte sehr. Warum nicht?"

Ich dachte einen Augenblick nach, ob ich ihm vertrauen könnte.

„Gilt für Sie als Psychologe auch die Schweigepflicht? Ich möchte nicht, dass Personen durch Sie erfahren, wovor ich sie verschonen möchte."

„Keine Angst. Gilt auch für mich."

„Gut. Also, ich hatte seit Jahren schon den Wunsch, aus dem Leben zu scheiden. War eigentlich müde. Lebensmüde. Ich weiß nicht, warum das Wort so verteufelt wird. Ist doch ganz normal. Am Ende jeder noch so schönen Wanderung wird man müde. Keiner findet etwas dabei. Nur lebensmüde …, das gehört sich nicht.

Ich habe einfach genug. Dankbar für ein vom Glück bevorzugtes Leben, möchte ich mich zurückziehen. Wie nach einem Spiel. Keiner will den ganzen Tag lang ununterbrochen Skat oder gar Schach spielen. Irgendwann reicht es einfach. Warum darf ich nicht gehen?"

„Wer hindert Sie?"

„Ich selbst. Ich rede mir ein, einige Menschen in meiner Umgebung, Familie, Freunde, würden in ihrer Beschränktheit darunter leiden. ,*Selbstmord*', ist ihre Sicht, da steckt das Wort ,*Mord*' drin. Warum sagt man nicht ,*Freitod*', wie es einfühlsame Dichter früher nannten? Warum ist es gleich ein ,*Depriloch*', wenn ich lebensmüde bin?

Von den Gläubigen ganz zu schweigen. Die wollen und dürfen in diesem Punkt wie in manchen anderen natürlich keine Mündigkeit zulassen. Ebenso wenig wie unsere Justiz und in deren Gefolge die Ärzte. – Aber ich merke, ich schweife ab. Wollte ich nicht."

„Nur weiter. Sehr interessant, was Sie da sagen und vor allem, wie Sie es sagen..."

„Ich bin in der Tat noch lange nicht am Ende. Könnte stundenlang weiterreden. Will ich aber nicht. Nur Eins noch, das Wichtigste, dann höre ich auch auf."

Ich machte eine kleine Pause und sah ihn an. Hörte er überhaupt zu oder hatte er auf Automatik geschaltet und überließ das Zuhören dem Aufnahmegerät? Doch, er hörte. Oder hörte wieder. Vielleicht, weil ich plötzlich schwieg.

„Seit kurzem weiß ich – Sie haben es meiner Akte entnommen – dass ich nur noch wenige Monate hab. Das beruhigt mich. Jetzt kann es mir keiner mehr verübeln, wenn ich mir das qualvolle Ende erspare. Das macht mich froh und heiter. Nur das ‚Wie‘ ist noch problematisch."

„Hatten Sie nicht von Seebestattung gesprochen?"

„Richtig. Etwas mit Symbolcharakter und ohne Grabpflege. Aber ich spreche nicht vom Begräbnis. Das kann mir egal sein. Bin dann ja nicht mehr da. Dennoch, einen Zug schwarz gekleideter Menschen, mit und ohne feuchte Augen, alle traurig oder zumindest ernst, allen voraus ein geistlicher oder weltlicher Trauerprofi – das darf nicht mein Abgang sein. So etwas verbitte ich mir. Meine letzte Nacht soll ein ausschweifendes, ausgelassenes Fest unter Freunden werden. Ich bringe Ihnen das nächste Mal ein Moustaki-Chanson mit. Dann wissen Sie, wie ich das meine."

„Ich glaube, ich kenne es: „Si un jour…"

„Genau. Haben wir am Ende die gleiche Wellenlänge?"

„Wie man's nimmt. Aber Sie hatten gerade etwas ganz anderes sagen wollen. Etwas, das Ihnen wichtig schien."

„Stimmt. Das Problem des ‚Wie‘. – Ich habe pharmazeutisch vorgesorgt und alles besorgt. Aber ob es nun auch wirklich so funktioniert wie beschrieben? Ich hab meine Zweifel, obwohl ich alles nach den Anweisungen eines klugen Buches vorbereitet habe. Um mir da einen Rat zu holen, bin ich zum Hausarzt gegangen, nicht ahnend, dass ich eine Lawine lostreten würde. Den Rest kennen Sie."

14.

Meine Hochstimmung nach dem Abend mit Caroline war nicht von langer Dauer. Dienstag rief die liebe Studentin an und sagte ab. Sie glaube, sie sei zu jung für so etwas. Könne nicht einfach für einen Menschen wie mich den Todesengel spielen. Sterben müssen sei für sie zu furchtbar. Wir könnten uns gern wieder treffen – nein, nicht gewerblich, beruhigte sie. Einfach so. Noch mal essen gehen oder auf einen Schoppen irgendwo. Nicht dass sie schnorren wolle, sie zahle diesmal selbst. Habe ja was gutzumachen. Einfach plaudern. Das andere natürlich auch, wenn ich es wolle. Dann aber nicht umsonst.

Jochen sah sofort, was los war, als ich in den Club kam.

„Ich ahne Schlimmes. Sie macht nicht mit. Stimmt's?"

Ich nickte, den Tränen nahe.

„Und nun ist heute noch nicht einmal deine Lieblingsbedienung zum Trost erschienen."

„Nur Mittwoch bis Freitag."

„Komm, wir schauen mal nach, wer auf unsere Anzeige geantwortet hat."

„Bitte nicht jetzt."

„Wie lange gedenkst du Trauer zu tragen?"

Er hatte es mal wieder geschafft. Ich musste grinsen.

„Na ja, geht ja schon wieder. Komm, wir machen ein paar Puts. Hast doch Sachen da. Oder?"

Ich spielte unaufmerksam. Wunderte mich, dass ich erfolgreich war. Konnte mich aber nicht so recht darüber freuen.

Nach dem Spiel verabschiedete ich mich und ging erst mal nach Hause. Ich ließ die Jalousien runter und warf mich aufs Bett. Wollte niemanden sehen. Höchstens Caroline. Anrufen? Ich war noch nicht so weit.

Als ich aufwachte – fast eine Stunde hatte ich tief und fest geschlafen – , beschloss ich, ins Kino zu gehen. „Zwei in New York". Würde mich vielleicht auf andere Gedanken bringen. Jochen ging nicht ans Telefon. Also allein?

Ich setzte mich auf die Bettkante.

Eigentlich hatte ich keine Lust auf Kino. Fluchtversuch. Und dann? Hinterher wieder alles wie vorher.

Ich spürte, was sich zusammenbraute.

Ich hatte mir ein Schema angewöhnt, systematisch gegen aufkommende Missstimmung vorzugehen:

Zunächst überlegen, was als Ablenkung in Frage kam: Golf, Kino, Jochen, andere Freunde anrufen und zum Bier oder zu einem Schoppen einladen, aufs Geratewohl in die Markthalle gehen, schauen, ob ich jemanden treffe. Oder in die Casa Española. Oder planlos einen Zug durch die Altstadt.

Dazu war es zu spät. Nicht von der Tageszeit her. Im Gegenteil. Die passte. Doch Vorstadium 1 war bereits überschritten. Was noch gerade denkbar gewesen wäre: Jochen. Aber den hatte ich ja eben erst. Besser nicht schon wieder. Außerdem meldete er sich nicht.

Stadium 1 lag hinter mir. Ging alles nicht mehr.

Rezept für Phase 2: Was für blöde Arbeiten lagen an? Rasenmähen? Staubsaugen? Wäsche waschen? Geschirrspülmaschine ausräumen? Einkaufen? E-Mails beantworten? – Kurz, ich sollte versuchen, irgendetwas zu erledigen, um der üblen Stimmung ein kleines Erfolgserlebnis entgegenzusetzen. Hat schon oft geklappt.

Mir fiel eine ganze Menge ein, das zu tun gewesen wäre. Konnte mich aber zu nichts aufraffen.

Offenbar war bereits Stadium 3 erreicht: Lähmung.

Doch Caroline? Quatsch. Das wollte ich für eine Gelegenheit aufsparen, wenn ich munter und unternehmungslustig war. Konnte mir allerdings nicht vorstellen, dass das jemals wieder der Fall sein würde.

Blieb mal wieder nur Ulrike. Dann müsste ich mich wenigstens zusammennehmen. Zum gemeinsamen Fernsehkrimi bereit sein, Spaziergang einmal um den Block, Rioja trinken.

Stimmt überhaupt. Rioja trinken. Aber nicht mit Ulrike. Müsste ich ja erst hinfahren. Und überhaupt. Konnte ich auch allein.

Rioja als solcher hilft eigentlich auch nicht. Heitert mich nur auf, wenn ich ohnehin gute Laune habe. Dann beflügelt er. Brandverstärker. Aber Brandverstärker bei schlechter Laune? Leichter Glimmer lenkt immerhin ab. Wie jede Aktivität. War Trinken eine? Musste wohl.

Besaufen geht aber auch nicht allein. Bekomme Kopfweh, bevor ich betrunken bin. Dann gehe ich meist mit zwei Paracetamol ins Bett.

So auch diesmal.

15.

Unsere Anzeige in der Zypresse lief unter Web-chiffre.

Da ich mich nicht interessiert zeigte, hatte Jochen auf eigene Faust unser Zypresse-Nachrichtenportal besucht, um zu sehen, wer sich da wohl tummelte.

„Überraschung!", brüllte er schon von weitem, als er mich sah. Dabei unterhielt ich mich doch gerade mit Alisa – so hieß die neue Bedienung im Club.

„Viel Schrott. Agenturen und andere, die immer auch im einschlägigen Anzeigenteil inserieren. Aber immerhin fünf Ausnahmen, die interessant sein könnten. Sehen nach privaten Angeboten aus. Eine Asiatin ist leider nicht dazwischen. Es sei denn eine Verheiratete mit deutschem Namen.

Ich hab alle fünf für Samstag 19.00 Uhr in die Casa Española bestellt. Zum Casting. Auf den Namen Grüntal ist ein Tisch für uns bestellt, unten im Kellergewölbe. Finde ich praktisch, dann sehen die Damen nicht gleich, dass die Konkurrenz schon da ist, wenn sie oben am Tresen nach Herrn Grüntal fragen. Sechsertisch. Kommen ja sicher nicht alle. Und wenn, stellen wir einen Stuhl dazu."

Zum vereinbarten Termin setzte sich Jochen an den reservierten Tisch. Ich blieb oben am Tresen, bestellte mir einen Blanco Seco aus der Mancha und wartete neugierig, ob, und wenn ja, wer nach Herrn Grüntal fragen würde. Gleichzeitig sah ich mich als Filter. Schmutzfilter sozusagen. Ich wollte gegebenenfalls die Notbremse ziehen. Hatte mir auch schon zurechtgelegt, wie ich sie hinauskomplimentieren wollte. 19.15. Erste Nachfrage. Nicht toll. Mangels Reizen geschiedene Akademikerin besten Alters. Schien eine kostenlose Bildungsreise anzustreben.
„Monsieur Grüntal? Sie sprechen doch französisch, oder bevorzugen Sie spanisch? Italienisch können Sie wohl nicht. Aber da könnte ich aushelfen."
„Isch, nee, isch bin ene Düsseldorfer. Fremdsprache Latein. Salve! War mal Messjung bei St. Jeorsch. Äver de Jrüntal, dat is ene jans Schlaue. De is do unge."
Ich zeigte zur Treppe ins Souterrain und ließ sie durch, um Jochen zu ärgern. Der nun dazu verdonnert war, ganz allein mit dem Scheusal Konversation betreiben zu müssen, der Arme.
Die nächste fand ich toll. Mein Typ. Allerdings muss zugegeben werden, ein Mann in meinem Alter ist nicht mehr wählerisch. Frauen und Mädchen, die einigermaßen gut aussehen, jung und nicht zu fett sind, haben gute Karten. Aber diese hier hätte mich

sogar glatt über Caroline hinwegtrösten können. Zumindest vom Äußeren her: Schlank, brünett, braune Augen, schaute mich ängstlich an, hätte Piroschka[8] heißen können. Ich fühlte mich beinahe mit meinem Schicksal versöhnt, gab ihr die Ehre und begleitete sie persönlich an unseren Tisch.

Da saß Jochen, hütete die andere und schien mit ihr englisch zu sprechen. Schlug sich ganz wacker. Lachte aber laut los, als er mich sah.

Dann kurz hintereinander gleich zwei, die den Eindruck machten, als ob sie nach Grüntal fragen wollten. Eine ließ ich durch, da sie ganz passabel aussah. Wäre vielleicht was für Jochen gewesen. Käseblond und mollig. Vielleicht etwas zu aufdringlich sexy. Ich stellte mir vor, wie er sie mit seinen Augen verschlingen und sich schuldbewusst bei mir entschuldigen würde: ‚Färben tun sie sowieso alle. Warum dann nicht ein ehrliches Goldblond, das ohnehin keiner glaubt? Sieht doch eigentlich toll aus.‘

Die andere fing ich ab, damit sie gar nicht erst bis zum Tresen kam:

„Verzeihen Sie, suchen Sie Herrn Grüntal? Dacht‘ ich’s doch. Tut mir leid, mein Freund lässt sich entschuldigen. Dringender Auswärtstermin. Haben Sie seine Mail nicht gelesen?“

Mehr Zeit nahm ich mir nicht mit ihr. Ich musste sie schnell loswerden, denn schon zwängte sich ein halbseidenes Vollblut durch die inzwischen gefüllte Tresenbar. Texanerhut, Goldlocken, enge, gut gefüllte weiße Corsage, Fransen an der Lederjacke bis hinab zu den Cowboystiefeln, die das uninteressantere Ende der engen schwarzen Leggins umhüllten. Kam nicht infrage, aber ich konnte sie Jochen unmöglich vorenthalten, drängte mich in ihre Nähe, bemerkte, wie der Knoblauchgeruch der Gambas in süßliches

Moschus überging, klatschte in die Hände, da sie in die falsche Richtung strebte, und gab ihr ein Zeichen. Strahlendes Erkennungslachen, obwohl sie mich nie gesehen hatte, und schon war sie an meiner Seite auf dem Weg zu Jochen.

„Da bist du ja. Ich hab schon die ganze Zeit von dir erzählt. Die Damen kennen dich mittlerweise in- und auswendig. Hab aber noch nichts von deinem Vorhaben verraten."
Zu den – mit der Neuen – inzwischen vier Damen gewandt, fügte er hinzu:
„Darf ich Ihnen Herrn Grüntal vorstellen? Am besten, er sagt Ihnen selbst, warum er Sie hierher bestellt hat."
Ich deutete eine kleine Verbeugung an.
„Grüntal. Eben der Herr Grüntal, der Sie hergebeten hat. Aber bei dem, was wir mit einander vorhaben, sollten Sie mich Karl nennen. Wir sollten gleich ‚Du' sagen, meine ich."
Eine der Damen, diejenige, die italienisch konnte, stand auf und machte Anstalten zu gehen.
„Sie suchen die Toilette?", fragte ich ironisch. „Die ist hier unten. Ganz hinten durch."
„Ich finde Sie zwar zum Kotzen, aber ich suche keine Toilette. Schönen Abend noch miteinander!"
Ihr Abgang kam mir recht. Kein Verlust. Im Gegenteil. Willkommener Härtetest für die übrigen, die, ebenso wie der ungeniert grinsende Jochen, offenbar ähnlich dachten wie ich. Ich wandte mich meinen verbliebenen Gästen zu:
„Ich sehe weder Gläser noch köstlich dampfende Speisen vor Ihnen. Ja, haben Sie denn gar nichts bestellt, meine Damen? Sie sind natürlich eingeladen. Vielleicht einen Prosecco vorab? Und danach? Mag jemand keine Gambas? Machen die ganz toll hier.

Mit Knoblauch und scharfen Peperoni. Dazu einen Blanco de la Manche? Hinterher ‚Pata Negra‘[9] und Mancheggo, wenn Sie noch Appetit haben. OK?"
Ich drehte mich zur Bedienung um:
„Una botella de Prosecco y cinco ‚*Gambas al ajillo*‘, por favor."
Ich wusste, dass die Kellnerin aus Georgien stammte, aber immerhin sah sie wie eine Spanierin aus, zumindest in der Erwartung neuer Gäste der Casa Española, und ich dachte, weltmännisches Flair macht Eindruck auf die Damen. Schließlich sollten sie ja mit mir auf Reisen gehen.

„Zunächst einmal möchte ich mich bedanken, dass Sie gekommen sind, und dann mich bei Ihnen entschuldigen und erklären, warum ich Sie alle vier hergebeten habe", begann ich eine kleine Ansprache.
Ich war bis dahin stehen geblieben, setzte mich jetzt aber auf den freien Platz, Jochen gegenüber zwischen der Käseblonden und „Anny get your Gun", den Jochen für mich freigehalten hatte. Wohl um sicher zu sein, für den Rest des Abends die beiden Mädchen seiner Wahl im Auge behalten zu können. Mir blieb der erfreuliche Anblick der liebenswert scheuen Piroschka und des nicht minder, aber in ganz anderer Weise liebenswerten Jochen. Den verwaisten Stuhl neben sich hatte Jochen bereits entfernt.
„Die Erklärung ist nicht ganz einfach. Es handelt sich um ein recht schwieriges Reiseprojekt, und da wollte ich mir die Mühe sparen, alles mehrfach einzeln erklären zu müssen. Kurz, um die Wahrheit zu sagen, der heutige Abend ist gewissermaßen ein Casting."
Teils amüsiert, teils missbilligend schauten sie sich in der Runde der Konkurrentinnen um. Immerhin, sie schienen es hinzunehmen. Vielleicht auch nur, weil sie Durst auf Prosecco hatten oder hungrig waren.

Ich hatte mir vorgenommen, so schnell wie möglich die Spreu vom Weizen zu trennen. Also schilderte ich so drastisch wie möglich mein Vorhaben und stieg gleich knallhart ein:

„Ich werde sehr bald tot sein, und Sie sollen mich begleiten", begann ich und erhoffte verdatterte Reaktionen.

Stattdessen lachten sie, dem Beispiel der offenbar bei der Ankündigung auftauenden Pusztaverdächtigen folgend, laut und herzhaft.

Man nahm mich wohl nicht ernst.

„Das ist keineswegs komisch. Es erwartet Sie ein Krimi. Ich werde plötzlich nicht mehr da sein. Und ich sage es gleich: Der zukünftige Mörder sitzt hier am Tisch."

Alle schauten auf Jochen. Ich ließ sie und schwieg.

Als Jochen verneinend den Kopf schüttelte und die Blicke sich fragend, Erklärung erwartend, wieder mir zugewendet hatten, legte ich nach:

„Richtig. Sie haben ihn gefunden. Nicht er ist der Mörder."

Als aber eine der Damen sich suchend im Kreis der Mitbewerberinnen umschaute, glaubte ich deutlicher werden zu müssen.

„Ich selbst werde es sein."

Ich merkte, dass meine unverständlichen Scherze verwirrten und zu langweilen begannen.

„Seien Sie aber beruhigt, meine Damen", erklärte ich.

„Das wird erst nach Ihrer Zeit sein, ich meine nach unserer gemeinsamen Reise. Nicht lange danach allerdings. Sehen Sie hier."

Ich holte den Ausdruck vom medizinischen Krankenbericht aus meiner Brusttasche.

„Wissen Sie, was ein Krebsmarker ist?"

Ich schaute in leere Gesichter.

Jochen sah mich verzweifelt an.

„So wird das nie was!", signalisierten seine Blicke, „Komm zur Sache!"

Ich folgte der vermuteten Aufforderung, deutete gute Bezahlung an, und so kurz und knapp ich es vermochte, schilderte ich mein Vorhaben und anschließend meine Wunschvorstellungen, welch letztere ich freilich sehr abkürzte, als ich bemerkte, dass die Bedienung mit dem Prosecco neben unserem Tisch auf das Ende meiner Rede wartete.

„Ah, wunderbar, Sie bringen uns Kühlung. Genau zur rechten Zeit. Kann ich jetzt gut gebrauchen", sagte ich, in der Verwirrung auf Deutsch.

„Und bitte schnell noch ein weiteres Glas", bat ich, erstaunt zum Eingang schauend.

„Ich hatte schon gefürchtet, sie käme nicht."

Dabei war ich blitzschnell aufgestanden und ging Caroline zur Treppe entgegen.

„Auch noch einmal Gambas mehr?", fragte die Georgierin.

„Nein danke, nicht nötig", rief ich zurück, und schon hatte ich meine kleine Studentin in den Armen.

„Dacht' ich's doch", begrüßte sie mich. „Konntest ja auch nur du sein mit der blöden Anzeige."

„Still. Wir sind gerade beim Casting. Du bist jetzt meine Tochter, die verabredungsgemäß dazukommt. Der Mann an unserem Tisch ist Jochen, mein bester Freund."

Ich legte meinen Arm väterlich um ihre Schultern und führte sie zu unserem Tisch.

„Darf ich Ihnen mein Töchterchen Caroline vorstellen?"

Allgemeines Erstaunen. Selbst Jochen schien nicht gleich zu begreifen, was geschah. Als sie ihn jedoch wie einen alten Freund mit ‚Tag Jochen' begrüßte und auf die Wange küsste, sah ich, wie er grinste.

Ich überließ Caroline meinen Platz, holte für mich einen weiteren Stuhl an den Tisch, und lachend erklärte ich der verwunderten Gesellschaft:

„Ja, da staunen Sie. Caroline ist eine tolle couragierte junge Frau. Ich bin stolz auf sie. Ich hatte sie gebeten, heute mit dabei zu sein. Sie kennt meinen schönen Traum von der Abschiedstournee. Wir haben lange darüber geredet, und ich glaube, sie steht jetzt voll dahinter. Schließlich wäre sie sonst nicht gekommen.

„Herzlich willkommen meine liebe Caroline, mein liebes Töchterchen und herzlich willkommen noch einmal ihr alle!"

Ich hatte mein Glas erhoben und stieß mit allen an.

„Auf ein gutes Gelingen. Sie sehen, Sie sind Gast eines kleinen Familienunternehmens. Und da nun meine Geschäftsführerin gekommen ist, die all die vielen Fragen, einschließlich des geschäftlichen Teils viel besser beantworten kann als ich, werde ich Sie jetzt mit ihr allein lassen und wünsche einen schönen Abend."

Just in diesem Augenblick wurden die in heißen Tonschälchen mit in kochendem Öl brutzelnden Gambas gebracht, und ich fügte an:

„Aber erst einmal guten Appetit!"

Ich stand auf, verbeugte mich lächelnd, drehte mich um, stellte meinen Stuhl beiseite und ging.

Auf der Treppe holte mich Caroline ein. Ehe sie etwas sagen konnte, kam ich ihr zuvor:

„Alles klar? Machst du das?"

„Wenn du mich adoptierst!"

Sie verpasste mir einen Tochterkuss und ließ mich enteilen.

16.

„Vorgestern hätte ich dringend Ihre Hilfe gebraucht. Ich war völlig durch den Wind. Inzwischen geht es schon wieder."

„Na, nun nehmen Sie erst einmal Platz. Immerhin leben Sie noch."

„Nein, keine Angst, die Endlösung kommt erst in ein paar Wochen."

„Ich hoffe, Sie scherzen."

„Drängt es Sie so? Ich kann auch früher."

„Über das Scherzen hatten wir ja schon gesprochen. Sie sagten zu Recht, ein guter Scherz enthält fast immer auch ein Quäntchen Wahrheit. Sagen wir so, ich nehme einmal an, Ihre Bemerkung entsprach nicht der Realität."

„Sie glauben also, ich mache schlechte Scherze?"

„Hab ich das gesagt?"

„Es klang so."

„Nein, nein. Außerdem mag ich keine schlechten Scherze."

„Sie schwindeln."

„Es ist die Wahrheit."

„Geben Sie zu, eben wäre es Ihnen lieber gewesen, es wäre ein schlechter Scherz gewesen."

Ich fragte mich, wie lange er das durchhielt. Er schien Sinn für Albernheiten zu haben. Aber eigentlich war ich ja ,dienstlich' hier. Oder steckte Strategie hinter seinem Eingehen auf mein Geblödel? Es war ja klar, dass ich Gefallen daran fand, wenn er mitmachte. So wirkte er lockerer und redseliger. Ganz geschickt mal wieder von ihm.

„Natürlich traue ich Ihnen gute Scherze zu. Höre sie mir auch gern an."

„…um ihren wahren Kern zu ergründen."

„Ich muss Ihnen nicht sagen, dass mir als Therapeut nicht nur der wahre Kern, wie Sie ihn nennen, wichtig ist, sondern mehr noch, wie Sie ihn hinter der Fassade eines Scherzes verstecken."

Das Gespräch drohte, intellektuell zu werden. Das gefiel mir nicht. Nicht heute.

„Ich habe mich verliebt!", stellte ich zusammenhanglos in den Raum.

Pause. Mal sehen, wie er reagiert.

„Halt ich für einen guten Scherz."

„Schade."

„Warum schade? War es ein schlechter?"

Ich beschloss, ihn zappeln zu lassen.

„So fragt man Leute aus. Aber apropos ‚schade‘: kennen Sie den Witz von ‚schade?‘"

„Nein."

„Schade!"

„Und wenn ich ihn gekannt hätte?"

„Gleiche Antwort."

„Und wo ist hier der wahre Kern?"

„1:0 für Sie. Hat keinen."

„Schade."

„Gehen wir doch zurück auf den ersten. Der hat einen."

Er stutzte. Dann schnallte er:

„Mann oder Frau?"

„Hab ich versucht mit Ihnen Händchen zu halten?"

„Wie alt?"

„Unter 30."

„Und Sie? – Nein, warten Sie, das sollte ich wissen. Augenblick. 73 stand in der Überweisung."

„Na und?"

„Nichts ‚na und‘. Nur so."

„Ist meine eigene Tochter", setzte ich noch drauf.

„In die Sie verliebt sind?

„So ist es."

„Scherz."

„Guter."

„Und das also seit vorgestern?"

„Vor-vor-vorgestern, um genau zu sein."

„Aber vorgestern, sagten Sie, hatten Sie Probleme."

„Sie begreifen schnell."

„Probleme mit ihrem Inzestverlangen?"

„Schlechter Scherz."

„Könnte es sein, dass Sie mehr Übung haben als ich?"

„Sie betreiben auch Inzest?"

„Ganz schlechter Scherz. Nein. Mit dem Blödeln mein ich."

„Könnte sein."

Immerhin. Er grinste.

„Gut. Lassen wir das. Sie sind der Therapeut."

Der Psychologe schien sich zu sammeln.

„Erzählen Sie mir doch etwas von Ihrer Tochter."

„Sie soll mit mir auf Abschiedstournee gehen."

„Abschiedstournee?"

„Genau. Und meinen letzten Abend planen. Ein riesiges Abschlussfest."

„Was auch immer das bedeuten mag, ich vermute, sie sträubt sich."

„Ja. Vorgestern."

„Und jetzt also nicht mehr, wenn ich Sie richtig verstehe."

„Zumindest weniger."

„Und was ist das für eine Tournee, von der Sie sprechen?"

„Ich will alle meine Freunde besuchen, ihnen sagen, dass ich bald tot gehe und mich bei einem Gläschen Wein von ihnen verabschieden."

Er schluckte.

„Und da soll sie also mit."

„Da soll sie mit."

„Und was soll sie dabei? Kennt sie Ihre Freunde?"

„Nein. Kennt sie nicht. Aber Sie sollten niemals zwei Fragen zugleich stellen. Das tut man nicht als Therapeut."

„Also: Was soll sie dabei?"

„Ich sagte bereits, ich hab mich in sie verliebt."

„Verstehe. Zu Ihrem Vergnügen soll sie also mit."

„Darf ich dieses kleine Vergnügen nicht mehr haben in meinem Alter? Sie soll es ja nicht umsonst machen. Das ist auch nicht das Problem. Ihres übrigens auch nicht. Über den Preis sind wir uns längst einig."

„Und Ihr Problem?"

„Kann ich ihr das zumuten?"

„Dachten Sie an das, was Sie Ihr ‚Vergnügen' genannt haben?"

Er guckte einen Augenblick, um sich zu vergewissern, ob ich verstand, was er meinte, bevor er fortfuhr:

„Oder meinen Sie das, was Sie *Tournee* nennen?"

„Die Tournee natürlich. Für das andere wird sie ja bezahlt. Sagte ich doch."

„Ihre Tochter?"

Ich glaube, er war kurz davor, aufzugeben. Schnell also noch den nächsten Knüller, bevor er mich rausschmeißt.

Ich machte das bedenklichste, unschuldigste Gesicht, das mir zu Gebote stand.

„Sie ist ja nur meine Adoptivtochter."

„Ach so. Verstehe. Adoptivtochter. Seit wann?"

„Sagte ich doch. Seit vor-vor-vorgestern."

Er lehnte sich zurück und bekam einen Lachanfall.

„Ent–Ent–tschuldi–gen Sie", brachte er mühsam zwischen zwei Lachern hervor.

Er stand auf und schnäuzte sich die Nase.

„Macht Spaß. Wirklich. Macht wirklich Spaß. Hab ich so noch nie erlebt."

„Mein täglich Brot. Nur bisher nie mit einem Psychotherapeuten. Das ist Neuland. Ahnte gar nicht, dass so einer Humor haben könnte."

„Danke."

„Gerne."

Auf einmal war es vorbei. Der Raum wurde wieder zum Designer-Büro. Vermutlich mutierte ich für ihn im gleichen Augenblick wieder zum Patienten – ich glaube allerdings, er und seine Zunft sprechen lieber von ‚Klienten' als von ‚Patienten'.

Er schaute auf die Uhr.

„Die Zeit ist noch nicht ganz rum, aber ich schlage vor, für heute machen wir Schluss. Ich brauche eine kleine Pause, bevor ich meinen nächsten Gast empfange."

„Ist OK. War aber richtig toll."

„Wollen Sie wiederkommen?", fragte er.

„Na klar."

„Gut. Dann aber ernsthaft, wenn es geht."

„War ich doch. So ehrlich bin ich selten. Noch dazu bei einem Fremden."

Er zögerte, unsicher, ob er sich mit seiner Frage vielleicht lächerlich machte, schlug dann aber doch vor:

„Könnten Sie Ihre Adoptivtochter dann vielleicht mitbringen?"

„Mach ich."

17.

Jochen hatte sich nach dem Casting nicht gemeldet. Und am Tag danach ging er nicht ans Telefon. Stattdessen eine SMS: „18 uhr osteria oporto rechts neben dem eingang zur markthalle - jo."

Beide waren wir pünktlich. Der hochnäsige Italo-Ober wies uns gebieterisch einen Tisch an. Nein, natürlich nicht den, den wir wollten, einen anderen, mit einem abschließenden ‚Prego‘, als hätte er uns eine besondere Ehre erwiesen. Wie folgten seiner Weisung.

„Hättest mich ja ruhig vorher warnen können.“

„Wie sollte ich? Wusste doch selbst nicht, dass Caroline plötzlich aufkreuzen würde.“

„Und dann lässt du sie einfach allein mit uns?“

„Spontane Eingebung: Stresstest. Wenn sie das durchzieht, macht sie auch meine Tournee mit. Außerdem warst du ja dabei.“

„Vertrauen ehrt.“

Jochen grinste ordinär.

„Das möchte ich überhört haben.“

„Immerhin. Nicht zu verachten, die Kleine.“

„Nun erzähl mal lieber.“

„Da ist nicht viel zu erzählen. Klappte wie am Schnürchen. Zwei sind nach dem Essen abgehauen, als Caroline alles erklärt hatte. Denen war der Boden zu heiß geworden. Waren wohl Nutten.“

„Und? Wer blieb übrig?“

„Caroline und die Blondine.“

„Die mit den Cowboystiefeln?“

„Eher nicht. Hab nicht unter den Tisch geschaut. Die mit der Fransenjacke jedenfalls nicht. Und die Dunkle auch nicht. Die beiden waren ja gegangen, als sie satt waren.“

„Also die Käseblonde.“

„OK. Wenn du so willst. Aber die…“

„Ja, ja, ist klar. Die gefiel dir. Ehrliches Goldblond. Aber der Rest war echt. Oder?“

„Wolltest du nun wissen, was in der Casa geschah oder was ich danach noch erlebt habe? Musst dich entscheiden. Was deine Reise angeht, kann ich auch morgen ein schriftliches Protokoll bei der Bedienung im Club für dich abgeben.“

„Gut. Hab verstanden. Und Caroline?“

„,Gut, dass die anderen gegangen sind, ich hätte mich ohnehin für Sie entschieden. So muss ich niemandem absagen', hat sie zu der Blonden gesagt."

„Soll ich nun etwa mit deiner dicken Blonden losziehen?"

„Mach weiter so. Dann sag ich überhaupt nichts mehr."

„Verstehe. Die Blonde ist für dich reserviert. Und außer Caroline war da sonst keine mehr. Gutes Zeichen."

„Bist ja doch ein schlaues Kerlchen. Aber keine voreiligen Schlüsse bitte."

„OK. Und dann? Erzähl. Lass dir doch nicht alles aus der Nase ziehen."

„Wenn du mich plötzlich völlig unvorbereitet mit den Mädchen in der Casa sitzen lässt, kann ich dich ja wohl auch erst einmal ein wenig zappeln lassen."

„Was ist nun? Caroline, macht sie mit?"

Jochen grinste.

„Herr Ober!", wandte er sich an den gelangweilt herumstehenden Kellner, der, um den Eindruck von Untätigkeit zu vermeiden, in einem großen Gästebuch blätterte. „Entschuldigen Sie bitte die formale Anrede, aber große Ereignisse werfen ihre Schatten voraus... Kurzer Rede langer Sinn: eine Flasche Veuve Cliquot als Apero und vier Gläser bitte drüben an den Tisch zu den beiden Damen. Auf Rechnung dieses Herren", und er wies auf mich.

Leise fügte er hinzu, aber so, dass nur ich es verstehen konnte:

„Er hat nämlich gestern im Lotto gewonnen."

Ich drehte mich um, und erblickte an einem für ein großes Menü gedeckten Tisch in meinem Rücken Caroline und die Blonde von gestern.

„Nochmal. Ganz großen Glückwunsch!", begann Jochen, als wir die beiden nach Hause gebracht hatten und wieder allein waren. „Da hast du eine aufgetan! So eine gibt es nicht noch einmal, denn sie besitzt", fuhr er grinsend fort, um mit Don Quijote zu sprechen: *all die unmöglichen und nur von kühner Phantasie erträumten Reize, womit die Dichter ihre Geliebten begabt haben. Ihre Haare sind Gold, ihre Stirn ein Paradiesgarten...*[10]"

„Drehst du jetzt vollends durch?"

„ihre Brauen gewölbte Regenbogen, ihre Wangen Rosen, ihre Lippen Korallen, Perlen ihre Zähne..."

„Und ist käuflich."

Er hielt mir den Mund zu.

„Käuflich, käuflich, was heißt das schon? Jungfrauen gibt es in dem Alter nicht mehr. Hättest du lieber, sie bumste in ihrer Wohngemeinschaft rum? Verdrehte allen Studenten die Köpfe? Verschenkte sich? Hätte eine Beziehung nach der anderen? Stimmt, dann wäre sie eine emanzipierte moderne junge Frau, die sich nimmt, was sie braucht, wann sie es braucht. Vorbild geradezu, und du könntest stolz sein, wenn sie sich mit dir einlässt. Brauchtet beide keine moralischen Bedenken zu haben.

Was ist denn schon unmoralisch daran, wenn sie es gelegentlich auch als Job tut? Sexuelle Moral gibt es nicht mehr. Jedenfalls nicht unter freien Singles. Sie hat einen Oldtimer gesehen, sagt sie. Den will sie haben."

„Meinst du mich?", versuchte ich abzulenken.

„Blödmann! Einen alten Citroen ID 19. Und bis sie das Geld zusammen hat ..."

„Und? Hast du sie eine kleine zusätzliche Rate verdienen lassen?"

Es war die erste Ohrfeige seit meiner Pubertät. Mein Vater hatte mich in flagranti ertappt, als ich ans Familienportemonnaie ging. Recht hatte er.

18.

Ungeduldig, wie ich war, machte ich einen Testbesuch. Allein. Erst mal erkunden, wie so ein Abschiedswiedersehen abläuft. Ohne festes Konzept. Würde sich schon von selbst ergeben.

Ich meldete mich bei Dieter Winterland an, einem Schulfreund, mit dem ich als Schüler alles hatte bereden können, was mir auf dem Herzen lag. Ich kreuzte unerwartet bei ihm im Westerwald auf, wohin er sich als Rentner zurückgezogen hatte.

Sofort begann er begeistert von unseren gemeinsamen Erlebnissen zu erzählen:

„Weißt du noch, wie wir damals Gott angerufen haben?", begann er, „Wir wollten, dass er uns ein Zeichen gibt, dass er existiert."

„Klar. Bekamen aber keine gute Verbindung, wenn ich mich recht entsinne."

„Nein. Natürlich nicht. So einfach funktioniert das ja auch nicht."

„Hat dich das eigentlich bestürzt damals? Ich meine, du solltest doch bald konfirmiert werden."

„Zunächst schon. Hab dann auch mit unserem Pastor darüber geredet."

„Erzähl. Oder magst du nicht?"

„Also ich muss zugeben, als wir zusammen in kindlichem Ernst gebetet haben ‚*Lieber Gott, wenn es dich gibt und du ein gütiger Gott bist, gib uns ein Zeichen, lass eine Amsel auf den Ast fliegen und dreimal piepsen*' oder so ähnlich …"

„Stimmt, so war das. Wir saßen auf dem Barackendach neben dem Schulhof. Ich sehe den Ast von dem

Kastanienbaum noch vor mir, den wir uns ausgesucht hatten. Ich war ganz aufgeregt."

„Ich war damals überzeugt, er würde uns hören und eine seiner tausend Amseln schicken, die sowieso nichts Besseres zu tun hatten."

„Warst du bestürzt, als nichts passierte?"

„Zunächst ja. Zumindest sehr nachdenklich. Ich mochte dich. Warst ja mein bester Freund. Und Gott hatte dir kein Zeichen gegeben. Durftest doch nicht in die Hölle kommen, nur weil deine Eltern dich nicht christlich erzogen hatten."

„Konnte schließlich nichts dafür."

„Wir hatten beide auf sein Mitleid und seine Güte gesetzt und auf ein Zeichen gewartet."

„Für den Fall, dass es überhaupt einen gütigen Gott gab."

„Davon war ich überzeugt."

„Auch danach noch?"

„Nicht mehr so hundertprozentig. Bis der Pastor mir unseren Fehler erklärte."

„Hat er? Konnte er das? Welchen Fehler?"

„Nach unserem menschlichen Denken und Fühlen hätte er reagieren müssen. Aber erstens können wir Gottes Wille nicht beeinflussen, zweitens, ,*Gottes Wege sind unbegreiflich und unerforschlich*[11]', was eigentlich das Gleiche ist: Unser menschlicher Geist kann göttliche Logik nicht begreifen und schon gar nicht widerlegen. Unser Geist ist dafür zu unvollkommen."

„Das hat dich getröstet?"

„Nicht sofort. Aber langfristig doch."

„Und? Bist bei deinem Glauben geblieben?"

„So ist es. Und du? Immer noch ungläubig?"

„Im christlichen Sinne ja. Aber meine Philosophie ist bescheidener geworden."

„Will sagen?"

„Der alte Sokratessatz *‚Ich weiß, dass ich nicht weiß‘*.“

„Ist für mich nur eine effekthascherische, im Grunde arrogante Phrase.“

„War es für mich auch. Aber das änderte sich, als mir bewusst wurde, was wir unter Wissen verstehen. Mathematiker meinen, etwas zu wissen, wenn es bewiesen ist. Beweisen heißt dabei logisch begründen. Ja: Be-gründen, im wahrsten Sinne des Wortes, also zurückführen auf den Grund von bereits Bewiesenem, das sich wieder zurückführen lässt auf bereits vorher Bewiesenes, und so weiter. Eine Kette, die schließlich bei sogenannten Axiomen endet. Nur leider: Die sind nicht bewiesen.“

„Was sind sie dann?“

„Axiome sind Aussagen, die man vernünftigerweise nicht in Frage stellt. – Also schlicht glaubt.“

„*‚Und? Warst du bestürzt?‘*, frage ich dich jetzt wie du mich eben.“

„Zunächst ja. Zumindest sehr nachdenklich, antworte ich mal wie du eben. Ein Denksystem brach für mich zusammen. Alles fußte plötzlich nur noch auf Glauben.“

„Und? Ein Ausweg?“

„Die Gewohnheit. Normalerweise bewähren sich Axiome recht gut. Sonst hätte unsere Wissenschaft nicht so tolle Erfolge.“

„Sehe ich ebenso. Irgendwas wird schon dran sein an unserem Glauben. An deinem wie an meinem.“

So ging das nicht. Ich hatte es falsch angestellt. Thema verfehlt. Hätte ich mir eigentlich denken können. War nicht zu erwarten, dass er von sich aus fragen würde:

‚Na, stirbst du bald?‘

Ich konnte aber auch nicht einfach unser Gespräch abwürgen und sagen: *,Übrigens, ich sterbe bald. Hatte ich dir nur sagen wollen. Deshalb bin ich gekommen. Wollte mich verabschieden. Hab' Schampus mitgebracht. Komm, wir wollen uns einen knallen.'*

Was tun?

Ich hatte es vermasselt. Nächstes Mal ein klares Konzept. Würde ich zusammen mit Jochen, Adoptivcaroline und dem Psychologen ausarbeiten.

Für diesmal machte ich gute Miene zum verkorksten Spiel, wir redeten über alte Zeiten, bis seine Frau zum Abendessen rief, dann Tagesschau, Umzug an den Couchtisch, immer noch zu dritt. Thema Krankheiten, aber kein Anknüpfungspunkt. War inzwischen auch zu spät dazu. Und dann zusammen mit seiner Frau, nein keine Chance. Ein Glas Wein zu dritt und noch ein zweites, und ich verabschiedete mich.

Er war ja nicht der Letzte auf meiner Liste.

19.

Rechtzeitig vor dem nächsten Termin wollte ich den Psychologen auf meine Wünsche vorbereiten.

Ich rief ihn an.

„Ich möchte Sie in der nächsten Sitzung in ein paar Dingen als Psychologen um Rat fragen. Ich weiß, das muss ein Therapeut eigentlich ablehnen. Aber da ich nicht zur Therapie komme, sondern mit einem Fachmann über Themen sprechen möchte, die mir am Herzen liegen, vielleicht machen Sie eine Ausnahme? Sonst komme ich nicht. Die Kasse zahlt doch. Sie arbeiten schließlich nicht aus Eitelkeit, sondern um Geld zu verdienen. Oder? Außerdem haben die ersten beiden Treffen Spaß gemacht. Ihnen doch auch. War mal was anderes. Geben Sie es zu. Wäre schade, jetzt abzubrechen."

Er wich aus: „Wissen Sie, das ist so eine Sache, ich meine, wenn ich als Psychologe einfach nur…"

„Ich komme mit meiner Adoptivtochter", unterbrach ich sein professionelles Gestammel. „Haben Sie doch selbst vorgeschlagen."

Er war überredet.

„Gut, dann könnten wir es Familientherapie nennen. Nicht ganz die übliche Form, aber OK. Kommen Sie."

„Und wenn Sie unbedingt was fürs Tonband brauchen, erzähl ich Ihnen auch von mir und meinen schrecklichen Gedanken über Suizid."

Als er sah, dass wir zu dritt kamen, begrüßte er uns belustigt:

„Ach, haben Sie wirklich…, und noch einen Adoptivbruder dazu?"

„Wenn der stört, fliegt er raus."

„Nein, nein, warum sollte er. Herzlich willkommen! Ich kann auch Gruppentherapie."

Dabei führte er uns in sein Büro und bat, Platz zu nehmen.

Jochen war nur widerwillig mitgekommen und protestierte vorsichtshalber schon im Voraus:

„Ich will nicht therapiert werden. Lehne ich ab. Ernsthaft."

Ich stellte Jochen als unverzichtbaren Berater in einem gemeinsamen Endzeitprojekt vor. Inzwischen hatte er sich blitzschnell auf den einzigen bequemen Sessel gemogelt, den der Therapeut eigentlich für sich selbst heran geschoben hatte.

„Gut, aber Ihre Tochter soll. Sehe ich das richtig?"

„Wäre schön."

„Was fehlt ihr denn, der Kleinen?", versuchte er, sich meiner saloppen Art der Gesprächsführung anzupassen.

„Nichts", antwortete ich, bevor Caroline etwas hätte sagen können.

„Nichts?"

„Das ist es ja gerade."

„Ach so", grinste er.

„Na ja, und Sie", ich schaute ihn herausfordernd an, „Sie sollen sie davor bewahren, dass sich daran etwas ändert."

„Befürchten Sie das?"

„Man kann nie wissen. Obwohl sie eigentlich einigermaßen robust ist."

„Was bin ich?"

„Lass mich. Ich weiß schon, was ich sage. Schließlich bist du meine Tochter."

„Adoptiv-!"

„OK. Zugegeben."

„Außerdem bin ich mündig", maulte Caroline.

„Töchter bleiben immer Töchter", belehrte ich sie.

„Ich weiß. Bis dass der Tod uns scheidet. Hatten wir doch so abmacht."

Jochen hatte seit seinem kurzen Protest nichts mehr gesagt. Wirkte schläfrig. War aber hellwach:

„Klingt nach Trauung", brabbelte er vor sich hin.

Der Therapeut saß auf dem eigentlich für Jochen bestimmten Sessel, schmunzelte still vergnügt vor sich hin und hatte sichtlich Spaß an unserer Gesprächsrunde.

„Also einen psychisch kranken Eindruck macht sie nicht, Ihre Adoptivtochter", stellte er fest. „Aber wenn Sie darauf bestehen, würde ich sie gern therapieren. Soll ja schließlich gesund bleiben, Ihr Töchterchen. War das nicht Ihr Anliegen?"

„Gut. Weiter. Neues Thema. Caroline hat es bereits angedeutet: *Bis dass der Tod uns scheidet*. Darf ich?", fragte ich den Therapeuten.

„Ich kann es kaum erwarten."

Ich hatte mir den Text aufgeschrieben, mit dem ich bei meinem nächsten Besuch Dieter Winterland sofort und unmissverständlich bei der Begrüßung überfahren wollte. Ich holte den Zettel mit meinen Notizen aus der Tasche und las vor:

„Ich bin bald tot und wollte mich verabschieden, bevor ich nicht mehr da bin."

„Seh' ich auch so. Geht sonst nicht mehr", murmelte Jochen beifällig vor sich hin.

„Und ich bringe", fuhr ich fort, „meine Adoptivtochter mit, die mir den kleinen Rest meines Lebens versüßen möchte."

Aus unerfindlichem Grund hatte der Therapeut das Gefühl, eingreifen zu müssen.

„Sie wiederholen sich. Hier das Band der ersten Sitzung."

Er deutete an, notfalls aufzustehen, um es zu holen. Hatte aber offenbar wenig Lust dazu und blieb sitzen.

„Nein, lassen Sie nur", sanktionierte ich seine Trägheit, „es ist anders als Sie denken. Ich habe soeben lediglich, zur Probe sozusagen, die Worte gesprochen, mit denen ich in Zukunft meine Besuche auf der Abschiedstournee einleiten möchte, bevor die Gastgeber mich mit Begrüßungskomplimenten abfüllen oder sonst etwas sagen können. Was halten Sie davon?"

„Schon wieder", kam es entnervt aus dem bequemen Sessel.

„Könnte eine sehr kurze Reise werden."

„Meinen Sie? Zu brutal? Aber erst Shake Hands, Damenküsschen, Small Talk im Wohnzimmer beim Tee, Krankheiten abarbeiten… Nein das hat keinen

Sinn. Hab ich ausprobiert. Dann ist alles gelaufen. Friede, Freude, Eierkuchen. Geht dann einfach nicht mehr, ohne Verstimmung hervorzurufen. Das möchte ich nicht. Gleich schockieren! Von mir aus auch provozieren. Dann müssen sie reagieren. Können mich nach dem Geständnis auch schlecht gleich vor die Tür setzen. Haben sie aber meinen Besuch erst einmal falsch eingeordnet, dann ist es zu spät."

„Außerdem macht das mehr Spaß", rundete ich grinsend meine Ausführung ab, als sich keine Reaktion zeigte.

„Und wenn man Sie nicht ernst nimmt? Sich beleidigt fühlt, da Sie über etwas scherzen, worüber man nicht scherzt?"

„Dann werde ich ganz ernst und sage etwas wie *‚Nein, wirklich. Es ist so. Und, Euch zum Trost, ich weiß es seit langem und finde es überhaupt nicht schlimm…*‘"

„Könnte trotzdem Befremden hervorrufen."

„Dann ziehe ich eine Flasche Champagner aus der Tasche, und lachend versuche ich sie mit den Worten zu überrumpeln *‚Darf ich trotzdem reinkommen? Hier, ich hab Euch auch was mitgebracht. Ich möchte mit Euch auf unser schönes Leben anstoßen!*‘, und reiche ihnen die Flasche.

„Wäre ich ja gern dabei!", entfuhr es dem Psychologen.

„Sie sollen therapieren, und sonst gar nichts."

„Was soll da therapiert werden? Sie haben eine nicht therapierbare Klatsche. Das steht fest."

„Sehe ich auch so", murmelte Jochen vor sich hin. Keiner hörte ihm zu.

„Aber das wissen Sie ja selbst. Aus ihr sprudelt Ihre letzte Lebenskraft. Lassen wir sie doch fröhlich sprudeln, die kurze Zeit, bis sie versiegt!"

„Also wirklich keine Therapie?"

„Austherapiert."

„Sie brechen die Behandlung ab?"

„Wer redet von Abbrechen? Sie sagten doch, die Kasse zahlt... – Ich bin dabei."

„Dann machen wir also weiter."

„Wenn Sie mich weiter dabei haben wollen."

„OK. Ihre Therapie ist Klasse, besser geht's nicht – ich meine, das sag ich so als Laie."

Jochen stand plötzlich auf und ging. Man ließ ihn.

Es gab noch eine kurze Diskussion, dann wurde mein Textvorschlag mit geringfügigen Veränderungen angenommen und notiert.

Es klingelte.

„Kann doch nicht wahr sein. Ist es schon so weit? Die Zeit rast!", sagte der Therapeut und schaute auf die Uhr.

„Sie kommt immer etwas früher. Aber eine Viertelstunde?"

Er ging zur Tür: Jochen. Grinsend auf seine Flasche deutend.

„Gläser sind doch hier. Oder?"

„Ich hab noch einen Termin."

„Na und? Bis dahin sind wir weg."

Waren wir dann auch.

Danach bekam ich Prügel.

„Was sollte ich da eigentlich? Euer geistsprühendes Geblödel anhören oder was?"

Caroline sah mich unzufrieden an. In der Tat, sie war eigentlich nur Zuschauerin gewesen.

„Ich wollte dich dem Therapeuten vorstellen. Und ich wollte ihn eigentlich fragen, ob ich dir die ganze Aktion überhaupt zumuten darf."

„Hast du aber nicht. Brauchst du auch nicht. Ich bin volljährig und hab längst zugesagt."

„Tut mir leid. War langweilig für dich."

„Hätte gut was verdienen können in der Zeit."

„Wie viel?"

„Weißt du doch."

Ich holte 100 € aus meinem Portemonnaie und drückte sie ihr in die Hand. Sie schaute mich erstaunt und gar nicht mehr so vorwurfsvoll an.

„Hast du Lust?"

„Ist für den Verdienstausfall."

„So war das doch nicht gemeint."

„War eine Sonderleistung. Und Sonderleistungen kosten 100 €. Hatten wir so abgemacht."

„Hatte mir Sonderleistungen anders vorgestellt."

„Dann hab ich ja jetzt was gut. OK?"

Sie drehte sich zu mir hin und gab mir einen Adoptivtochterkuss auf die Wange.

„Sagtest Du *jetzt*'? Jetzt gleich meinst du? *W*arum eigentlich nicht? Aber bitte mit Massage."

„OK. Aber gönn mir noch einen kleinen Aufschub. Ich hab Hunger, und ich möchte dir die Planung für unseren ersten gemeinsamen Einsatz erklären."

„OK."

„Markthalle?"

20.

Nach Karlsruhe war es nur eine gute Stunde. Dennoch wollte ich zeitig los und holte Caroline morgens gegen halb acht ab. Herbert wohnte im Süden von Karlsruhe. Also Abfahrt Rüppurr. Im Akademiehotel am Rüppurrer Schloss hatte ich einmal eine Erasmuskonferenz organisiert. Ich hatte es in guter Erinnerung, und da es noch etwas zu früh für unseren Besuch war, schlug ich vor, erst einmal, unserem Navi folgend, zu sehen, wo genau Herbert wohnte, und dann zu versuchen, ein kleines zweites Frühstück auf der Terrasse des Tagungshotels, im sogenannten ‚Casino‘, zu uns zu nehmen, was uns problemlos auch als Nicht-Tagungsgäste gestattet wurde.

Der Kaffee tat gut. Die Sonne nicht minder. Ein Blick auf die Liste der gerade stattfindenden Seminare versöhnte mich mit meinem Zustand nichtsnutzen Rentnerdaseins:

Aktuelle Veranstaltungsangebote:
- *Zukunft der Personalarbeit – Personalarbeit der Zukunft: Verwalten Sie noch oder gestalten Sie schon? –*
- *Entdecken Sie Ihr typengerechtes Optimierungspotenzial*
- *Im Ehrenamt wirkungsvoll präsentieren*
- *Arbeiten ohne Altersgrenze*
- *Workshop:- Basel III-Update für Entscheider –*
- *Modernes Konfliktmanagement im Firmenkundengeschäft*
- *Krise und Insolvenz des Bauträgers*
- *Gezieltes Selbstmanagement für mehr Vertriebserfolg*

Zu Herbert konnten wir von hier aus zu Fuß gehen. Aber es war noch etwas zu früh für einen Besuch, und wir nutzten das gute Wetter für einen kleinen Erkundungsgang, bummelten am Schlosspark vorbei, kamen auf den Rosenweg und standen genau pünktlich vor seinem kleinen gepflegten Einfamilienhaus „Am Eichelgarten“.

Herbert – früher nannten wir ihn Plüschi, das hat er sich aber später verbeten – war sichtlich überrascht, dass ich nicht allein kam.

„Hallo, ich dachte … ich wusste nicht…“

Ich ließ ihn nicht zu Wort kommen.

„Was auch immer du dachtest und nicht wusstest, interessiert mich nicht, und um es gleich zu sagen: Ich bin bald tot und wollte mich verabschieden, bevor ich nicht mehr da bin“, sagte ich meinen eingeübten

Spruch auf, und trotz seines erschreckten Gesichts brachte ich ihn zu Ende:

„Damit du mich in reizvoller Erinnerung behältst, bringe ich eine Flasche Champagner mit wie in alten Zeiten und meine Adoptivtochter, die mir den kleinen Rest meines zu Ende gehenden Lebens versüßen möchte."

Er wurde knallrot. Überlegte kurz und wies mich von der Tür:

„Über so etwas reißt man keine Witze. Vor einem Monat habe ich meine Frau verloren. Du weißt ja überhaupt nicht, wovon du redest. Und wenn es kein Scherz war, tut es mir leid für dich. Wirklich. Aber ich habe keine Lust, mich in dieser Weise mit dir zu unterhalten."

Ich stand betroffen da. Caroline wagte nicht, mich anzuschauen.

„Kannst in einer Stunde wiederkommen, wenn du ein ernsthaftes Gespräch suchst. Sonst scher dich zum Teufel. Vielleicht bin ich dann aber weggegangen. Dann habe ich es mir anders überlegt und du brauchst nie wieder an meine Tür zu klopfen."

Grußlos schloss er die Haustür.

Eine Stunde später kamen wir zurück. Keiner öffnete.

21.

Betroffen gingen wir zurück zum Tagungshotel.

„Er wird am Grab seiner Frau sein. Vielleicht finde ich es."

Der Friedhof lag ganz in der Nähe. Das Navi hatte uns bei der Herfahrt bereits in Sichtweite daran vorbei geführt. Aber er war ziemlich groß. Ohne den Friedhofsgärtner hätte ich es nicht gefunden. Und richtig. Da stand er einsam am Grab seiner Frau.

Herbert hörte mich nicht kommen. Ich setzte mich auf eine Bank und beobachtete ihn. Reglos stand er da. Eine Gießkanne neben sich. Leise hörte ich seine Stimme. Selbstgespräch? Sprach er zu der Toten? Ich strengte mich an, etwas zu verstehen. Vergeblich. Ich wollte begreifen, wie es in ihm aussah. Wollte ihn aber auch nicht belauschen.

Beklagte er sich oder sie? Beweinte er ihr Todesschicksal, weil sie zu früh hatte sterben müssen? Beklagte er seinen eigenen Verlust, seine Einsamkeit? Erzählte er ihr, wie trostlos das Leben ohne sie geworden war? Sah er darin einen Liebesbeweis?

Ich wusste, dass es riskant war. Aber ich ging zu ihm. Nahm allen meinen Mut zusammen und legte vorsichtig meinen Arm um seine Schultern.

Er zuckte zusammen, erschrak, als er mich erkannte, schüttelte meinen Arm von sich ab, schien weglaufen zu wollen, aber ich hielt ihn.

Er sah mich an, begann, hilflos zu schluchzen. Widerstandslos ließ er sich zur Bank führen.

„Sie wäre gewiss noch gern bei dir geblieben."

Wortloses Nicken.

„Es tut mir sehr leid, das von eben."

Kopfschütteln.

„Du wusstest ja nicht…"

„Kam es plötzlich?"

Erneute verneinende Kopfbewegung.

„Wir wussten es. Lange schon."

„Sie auch?"

Er nickte.

„Am Ende wollte sie nicht mehr."

Dann verlor er die Beherrschung und fing erbärmlich an zu heulen. Ich legte meinen Arm um ihn, und er ließ es sich gefallen. Nahm sogar meine Hand in seine.

„Ich konnte es nicht. Es ging nicht", flüsterte er, als er sich wieder gefasst hatte.

Er brach ab, und ich ließ ihn.

„Jule hat es für mich getan."

„Jule?"

„Ihre Schwester. Ihr hatte sie auch diese unselige Patientenverfügung gegeben."

„Und Jule hat sie ins Krankenhaus gebracht?"

„Ich hätte das nicht gekonnt. Wusste ja was das bedeutete. Das Ende."

„Und die Erlösung."

Erstaunt richtete er sich auf und schaute mich an.

„Bist du gläubig? Du warst doch immer…".

Er stockte.

„Atheist. Sag es ruhig."

„Das klingt so böse. Das warst du nicht. Du hast früher einfach nicht an Gott geglaubt."

„Das ist so geblieben. Ich wollte nur sagen, dass das Lebensende auch eine Befreiung sein kann für jemanden, der nicht mehr leben möchte."

„Aber sie wollte doch noch."

„Am Ende sicher nicht mehr."

„Das stimmt wohl. Leider."

„Und wenn es einmal so weit ist, hofft man auf den baldigen Tod. Darf man sie dann nicht erlösen?"

„Ermorden."

„Ihre Qualen beenden."

„Das sagen sie alle. Trotzdem …"

Nach einer Pause wechselte er von sich aus das Thema.

„Was sollte das eben? Du hast mich brutal vor den Kopf gestoßen. Und jetzt bist du so anders. Fast wie früher."

„Es war dumm von mir. Ich wollte dich nicht verletzen. Es klang pietätlos."

„Mehr als das."

„Frivol. Mag sein. Aber ich sprach von mir. Da muss ich nicht pietätvoll sein. Nur dankbar. Ich weiß allerdings nicht, wem. Ich hatte ein schönes Leben. Und ich tu gerade alles, damit das Ende ebenso wunderbar wird. Ich sehe dem frohgemut entgegen und genau so wollte mich von dir verabschieden. Leider im falschen Moment."

„Seltsam. Ich verstehe dich nicht. Weiß nicht einmal, wovon du sprichst."

„Ich spreche von meinem Lebensende, das ich selbst in die Hand nehmen werde. Das wollte ich dir sagen. Wollte mich verabschieden. Von einem alten Freund. Und da treffe ich dich in tiefer Trauer als vereinsamten Hinterbliebenen."

Er drückte meine Hand.

„Ist schon gut. Kommst du noch mit zu mir? Wir haben uns so lange nicht gesehen. Du hast sie doch früher auch gut gekannt."

„Später einmal. Heute geht es nicht. Du weißt, ich bin nicht allein. Caroline wartet bereits auf mich im Akademiehotel."

„Dann ein andermal."

„Versprochen."

22.

Ich fand Caroline beim Kaffee vertieft in das Studium des Tagungsprogramms.

„Schau mal hier!", rief sie mir zu, als sie mich kommen sah. „Ich glaube, das wär vielleicht was für uns."

Sie hielt mir das Programmheft entgegen, in dem sie eine Veranstaltung angekreuzt hatte.

„Lies mal!"

Ich überflog die angekreuzte Seminarankündigung:

Arbeiten ohne Altersgrenze[12]
Zielsetzung/Nutzen
Die TeilnehmerInnen erkennen die Anzeichen einer Krise und können - im Sinne eines Qualitätsmanagements und der Risikovorsorge - durch praktikable Vorgehensweisen gegensteuern.
Das Konzept der lebenszyklusorientierten Personalarbeit ist dazu ein praxiserprobter Ansatz.

„Es geht gleich los. Die meisten Teilnehmer sind schon da und stehen gelangweilt am Kaffeeautomaten vor dem Seminarraum."

„Wolltest du etwa…?"

„Teilnehmen? Nein. Komm mit. Es geht auch ganz schnell. Das Seminar kann jeden Moment anfangen."

Sie ging auf die Gruppe zu, die vor dem Raum stand, in dem das Seminar *‚Arbeiten ohne Altersgrenze‘* stattfinden sollte, und mit einem unwiderstehlichen Lächeln sprach sie einen Teilnehmer an.

„Darf ich?"

Dabei zeigte Caroline auf ein kleines Diktiergerät in ihrer Hand.

„Schießen Sie los."

„Was würden Sie tun, wenn Ihr Arzt Ihnen mitteilte, dass Sie in drei Monaten nicht mehr leben werden?"

„Ich wüsste, er dreht gerade durch. Ich würde es der Ärztekammer melden."

„Und Sie?", wandte sie sich an dessen Nachbarn.

„In Zukunft zu einem anderen Arzt gehen."

Die umstehenden Herren waren aufmerksam geworden und lachten beifällig.

„Und wenn der die Diagnose bestätigt?"

„Dann wäre ich am Ende meines Lateins."

„Dann sagen Sie es auf Deutsch: Was würden Sie konkret tun, wenn Sie erführen, dass Sie in drei Monaten sterben müssten. Ganz spontan bitte."

„Ich würde das Seminar schwänzen."

Wieder beifälliges Lachen der Umstehenden.

„Und Sie?", wandte sie sich an den, der am lautesten gelacht hatte.

„Ich würde eine Weltreise buchen."

„An welche Ziele dachten Sie?"

„Erst mal Neuseeland. Dann mal weiter sehen. Hawaii soll ja so schön sein."

„Und Sie?", sie hielt einem weiteren Teilnehmer das Mikrofon hin.

„Mein Testament auf den neuesten Stand bringen und das Begräbnis organisieren."

„Und dann?"

„Mir irgendeinen geheimen Wunsch erfüllen."

„Und der wäre?"

„Thailand", flüsterte er Caroline ins Ohr, so dass die Umstehenden es nicht hören konnten, und an die anderen gerichtet, behauptete er:

„Am liebsten würde ich mit meiner Frau auf eine einsame Gebirgshütte fahren und mit ihr zusammen unser ganzes Leben noch einmal durchgehen."

„Das läuft ja gut, wie ich sehe!"

Caroline drehte sich um. Ein älterer Herr schaute sie freundlich an.

„Nur zu! Ich habe ein wenig gelauscht. Besser könnte ich das auch nicht. Kommen Sie doch für fünf Minuten mit rein und helfen Sie mir ein wenig."

Caroline winkte mir kurz zu und verschwand mit den Teilnehmern im Seminarraum.

„Nein, nein, hier her mit nach vorne an meine Seite. Ich möchte Sie als meine Assistentin vorstellen."

„Was haben Sie vor?"

„Werden Sie sehen. Ich glaube es wird in unser beider Interesse sein. Wie heißen Sie denn?"

„Nennen Sie mich Caroline."

Der Referent ging zum Rednerpult.

„Meine Damen und Herren, wie Ihnen nicht entgangen sein kann, sind wir bereits mitten in der Arbeit in unserem Seminar ‚*Arbeiten ohne Altersgrenze*‘. Meine Assistentin Caroline haben ja einige von Ihnen bereits kennengelernt."

Beifälliges Murmeln und vereinzeltes Klopfen.

„Sie werden bemerkt haben, dass eine ehrliche Antwort auf die ungewöhnliche Frage, die sie Ihnen gestellt hat, vor Zuhörern kaum möglich ist."

Zustimmendes Nicken.

„Daher wird Caroline Sie jetzt, einen nach dem anderen, in den Nachbarraum führen. Sprechen Sie dort Ihre Antwort auf die Frage, die sie Ihnen stellen wird, auf das Tonband. Caroline wird während Sie sprechen den Raum verlassen."

Erstaunte Unruhe entstand im Zuhörerraum.

„Falls Sie sich nicht äußern mögen, bitte ich Sie, die Worte ‚*Aussage verweigert*‘ auf das Band zu sprechen."

„Und wozu das ganze?", protestierte eine Frauenstimme.

„Mit dem Umfrageergebnis möchte ich Ihnen eine Vorstellung davon geben, wie wir spontan zu den größten Tabus des Alterns stehen. Und keine Angst, zur Wahrung Ihrer Anonymität wird die Sekretärin die Antworten abschreiben, dabei deren Reihenfolge ändern und danach das Band löschen. Zu Beginn unseres morgigen zweiten Teils erhalten Sie die Ergebnisse, und wir werden sie in unserer Runde diskutieren."

23.

Um uns von dem Reinfall des Besuches bei Plüschi zu erholen, schoben wir eine ungeplante Pause von zwei Tagen ein.

Ein Blick ins Internet, und wir folgten einem verlockenden Travelzoo-Eröffnungs-Sonderangebot ins ehemalige Ruland's Thermenhotel nahe Bad Herrenalb, das rundum neu gestaltet, gerade unter dem neuen Namen ‚Schwarzwald Panorama' wieder eröffnete.[13]

Dass das Hotel ein lauschiges kleines Liebesnest sein würde, hatten wir nach der Internetanzeige nicht erwartet. In der kühlen Designerpracht der uns umgebenden Hallen fühlten wir uns dennoch als Fremdkörper, und wir konnten uns nicht vorstellen, dass wir es uns jemals in den hellen vierkantigen Weidengeflechtimitatsesseln im Foyer oder an den hochbeinigen Hockern der im Augenblick allerdings noch gähnend leeren Hotelbar gemütlich machen würden. Warum hatten wir keine Wanderstiefel eingepackt und uns eine gemütliche kleine Pension gesucht?

Die Hotelgäste ließen sich ebenso wie die vor dem Hotel vorgefahren Autos vorwiegend in zwei Kategorien aufteilen: Luxusgewohnte Dinersclubtypen meines Alters in reich behängter Damenbegleitung neben einem bunten Häufchen neugieriger Internet-Schnäppchenjäger wie wir, letztere allerdings deutlich bürgerlicher und, soweit Pärchen, mit erheblich geringerem Altersunterschied als wir, abgesehen von einem Paar, das suggerierte, man sei in einem thailändischen Hotel..

Außer uns sonst kein Großvater mit Adoptivenkelin.

Dass der Ausblick aus unserem Zimmer wirklich so schön war wie angepriesen, tröstete uns über den ersten Kulturschock hinweg.

Wir warfen unser Handgepäck von uns – die anderen beiden kleinen Koffer waren bereits von unsichtbaren hilfreichen Geistern heraufgeschafft worden – , öffneten die Balkontür, legten uns in die bequemen Liegesessel und genossen die Aussicht.

„So, nun erzähl mal!"

„Das meiste weißt du ja schon. Wie gesagt, ich sollte im Nebenraum jedem einzeln noch einmal meine Frage von vorher stellen, und dann sollten die Teilnehmer ihre Antwort auf Band sprechen.

„Wie bist du eigentlich auf das ganze gekommen?"

„Als du auf dem Friedhof warst und es eine Ewigkeit dauerte, bis du zurückkamst, sah ich immer wieder das entsetzte Gesicht von deinem Klassenkameraden vor mir. Ich fragte mich, ob wir nicht besser abbrechen sollten. Eigentlich hatte ich keine Lust mehr. Ich dachte, zumindest sollten wir die Strategie ändern."

„Eine Idee?"

„Na ja, etwas behutsamer mit dem Thema umgehen. Uns erst mal vorsichtig herantasten, wie deine Freunde zum Thema Tod überhaupt stehen. Und dann, je nachdem, loslegen oder auch nicht."

„Klingt nach empirischer Examensarbeit."

„Mag sein. Aber so, wie wir es bisher anstellen, ist es einfach zu blauäugig. Mir kam die Idee, bevor wir weitermachen, erst einmal zu testen, wie Menschen überhaupt reagieren, wenn sie so brutal mit dem Tod konfrontiert werden, wie du es möchtest."

„Und dann hast du spontan mit einer Umfrage begonnen."

„Erst habe ich nach einer passenden Gruppe gesucht und mir ein Diktiergerät besorgt. Den Rest kennst du."

„Und? Waren alle bereit, aufs Band zu sprechen?"

„Die Männer fast alle. Ja. Ohne zu zögern. Ob sie dann einfach ‚Aussage verweigert' aufs Band gesprochen haben, wenn ich aus dem Raum war, weiß ich natürlich nicht. Aber wie sich herausgestellt hat, waren das nicht viele. Von den Frauen waren zwei richtig zickig. Meckerten rum. Aber der Referent hat sie dann doch rumgekriegt. Letztlich sind alle mitgekommen."

Caroline stand auf und holte die Tonbandabschriften.

„Hier oder drinnen?" fragte ich.

„Lieber hier. Es sind nur zwei Seiten. Soll ich vorlesen?"

„Ich bin gespannt."

„Es sind insgesamt zwanzig Antworten. Davon viermal ‚Aussage verweigert'. Hier die übrigen:

- *„Mein Haus verkaufen und mit einem Porsche durch ganz Europa von einem Luxushotel zum anderen flitzen, Frauen aufreißen und am Ende besoffenen Kopfes gegen eine Felswand rasen."*
- *„Ich setze mich mit der Familie zusammen, zu bereden, was zu tun ist."*
- *„Beten, dass es nicht wahr ist."*
- *„Ich suche nach einer geeigneten Brücke."*
- *„Endlich dem Drängen meines Mieters nachgeben und seine Wohnung renovieren."*
- *Ins Casino gehen und 10.000 € auf Zahl setzen.*
- *„Ich würde meinen Mann erschlagen und mir eine Überdosis von seinem Insulin spritzen."*
- *„Gar nichts würde ich machen. Einfach weiterleben als ob nichts wäre."*

- *„Ich würde nach Thailand fahren, mir ein Mädchen mieten, sie königlich bezahlen, damit sie mir das Lebensende versüßt."*
- *„Ein Kind adoptieren und es zum Alleinerben einsetzen."*
- *„Einen Platz im Hospiz beantragen."*
- *„Zum Arzt gehen und mir tödliches Gift verschreiben lassen."*
- *„Bei meinen Seitensprüngen von meinen Freunden kein Kondom mehr verlangen."*
- *„Bei günstiger Gelegenheit meinen Kollegen im Geldtransporter mit KO-Spray behandeln, mir das Geld unter den Nagel reißen, nach New York fliegen und untertauchen."*
- *„Mit meinen Freunden zusammen den Fünfzigsten im „Vier Jahreszeiten" feiern."*
- *„Den Kerl umbringen, der meine Tochter unglücklich gemacht hat."*

„War's das?"
„Ja. Sechzehn spontane Reaktionen."
„Und? Was bringt es uns?"
„Für mich eine ziemliche Überraschung. Die meisten liegen näher an deiner Sichtweise als ich dachte. Zumindest in ihrer spontanen Reaktion."
„Schlussfolgerung?"
„Weitermachen."
„Danke! Toll wie du so was anpackst!"
Ich stand auf und kam mit der vom Hotel im Internet versprochenen Champagnerflasche in der Hand zurück.
„Hier oder drinnen?" fragte ich.
„Im Bett!"
„Bist du müde?"
Keine Antwort.

Statt Lotion öffnete ich die Champusflasche, breitete eines der ohnehin auf dem riesigen Doppelbett bereitgestellten schneeweißen hoteleigenen Saunalaken für Caroline aus, und als wäre es das Selbstverständlichste von der Welt, dekorierte sich die süße Adoptivtochter bäuchlings darauf, in hoffnungsvoller Erwartung wohltuender Berührung. Zu meiner Verwunderung tat die ‚Méthode Traditionelle' ihrem Namen ‚Extra Brut' alle Ehre: Zwar, ob guter Kühlung, leichtes Schaudern hervorrufend, aber keineswegs klebrig, erlaubte sie sanfte Streicheleinheiten, bei der Körper, Zunge und – in den kurzen Pausen – Gaumen nicht zu kurz kamen, so dass der kostbare prickelnde Saft viel zu schnell aufgebraucht war. Schwer zu sagen, wann meine Sonderleistungen aufgehört und wo ihre begonnen hatten: optimaler Appetizer für das angekündigte diätisch spartanische Dreigangmenü, nach dem ich gut noch eine Pizza Quattro Formaggi hätte vertragen können. Gab es hier aber nicht.

24.

Die nächste Station unserer Reise war Hans-Dieter, ein guter Freund aus Studienzeiten. Wir hatten Wand an Wand gewohnt. Wohl der Hauptgrund, warum wir damals unseren Führerschein nie verloren haben. Jedenfalls, kaum war er nach bestandenem juristischem Examen vom Dauerbesäufnis der nicht enden wollenden Kette seiner Examensfeiern ausgenüchtert und als Referendar in die Nachbarstadt umgesiedelt, fuhr er nur noch mit dem Fahrrad.

‚Der Hanselmann springt auf alles, was sich bewegt', sagte man ihm nach, eine damals unter Studenten gern benutzte und keineswegs missbilligende Ausdrucksweise.

In der Tat hat er manches niedliche Küken gerupft und zum Hühnchen gemacht. Leider mutierte deren eines unversehens zur Legehenne und brütete kurz nacheinander vier Jungtiere aus.

Das alles nahm er mit ungebrochener Gelassenheit. Doch kaum waren die Kleinen flügge, baute er ein neues Nest, welch selbiges keineswegs sein letztes bleiben sollte. Zwischendurch jedoch, … - ach lassen wir das.

Ein stets wacher Geist, immer zu Scherzen bereit und mühelos von den verrücktesten Ideen zu begeistern. Ich fürchtete keinen Reinfall wie drei Tage zuvor. Vor allem mit meiner bei ihm gewiss alle Türen öffnender Begleitung.

Caroline hatte in einem kleinen Hotel in der Nähe für uns ein Einzel- und ein Doppelzimmer gebucht. Zu Fuß von Hans-Dieters Haus aus erreichbar. Gegen 17.00 kamen wir an. Für 18.00 Uhr waren wir bei Hans-Dieter angemeldet. Gerade noch Zeit, alles noch einmal durchzusprechen. Caroline bekam doch wieder arge Bedenken. Ihr steckte die vorige Abfuhr noch in den Knochen. Aber ich blieb dabei.

„Wir wollen doch wohl nicht gleich aufgeben. Hans-Dieter ist eine sichere Nummer. Ich kenne ihn. Kein Problem. Wirklich. Mit ihm kann man Pferde stehlen", beruhigte ich sie.

Er machte uns selbst auf. Sofort legte ich los. Same procedure:

„Um es gleich zu sagen: Ich bin bald tot und wollte mich verabschieden, bevor ich nicht mehr da bin",
sagte ich wieder meinen eingeübten Spruch auf.

Ich weiß nicht, ob er überhaupt mitbekommen hatte, was ich gesagt hatte. Er schien nur Augen für Caroline zu haben.

Unbeirrt setze ich meinen eingeübten Text fort:
„Damit du mich in reizvollerer Erinnerung behältst, bringe ich meine Adoptivtochter mit, die mir den kleinen Rest meines zu Ende gehenden Lebens versüßen möchte."
Hans-Dieter brach in schallendes Gelächter aus.
„Adoptivtochter! Klasse. Das ist mal neu!", rief er begeistert und begrüßte sie spontan mit zwei herzlichen kussbestückten Umarmungen.
„Cousinen und Nichten scheinen wohl out zu sein, seit das nicht mehr verboten ist. Also Adoptivtochter. Hat sich offenbar noch nicht herumgesprochen, dass §173 da ebenso wenig greift. Klingt aber zugegebenermaßen lasziver. Hat irgendwie was. Kann man sogar im Alter noch mit punkten."
„Ich bin Caroline", brachte sich die Adoptierte ins Gespräch.
„Mit C, vermute ich, da du das e am Ende weglässt. Wahrscheinlich also mit französischen Wurzeln."
„Stimmt. Mein Vater stammt aus Colmar."
„Fabelhaft. Gibt es noch die Anwaltskanzlei ,Henri Muller & Fils'? Mit der hatte ich früher gelegentlich zu tun. War eine sehr gute Zusammenarbeit."
Nach zehn Minuten sprachen sie bereits über einen Praktikantenplatz für Caroline in seiner Anwaltspraxis. Ich kam mir überflüssig vor.
„Sag mal, hast du eigentlich gehört, was ich eben gesagt habe?"
Er wendete seine Augen für einen Moment von Caroline ab und schaute kurz zu mir.
„Ach so. Ja. Ich erinnere mich. Du bist bald tot, hast du gesagt. Sind wir ja alle. Sonst noch was?"
Er zahlte mit gleicher Münze. Hätte ich nicht gedacht, dass so etwas mir völlig die Sprache verschlagen könnte. Tat es aber. Ärgerlich eigentlich.

„Es ist nur, ich wollte dich informieren. Es ist schon bald so weit."

Ich merkte selbst, es klang wie eine armselige Schülerentschuldigung.

Hans-Dieter setzte unbeirrt noch einen drauf:

„Glückwunsch. Endlich. Hattest dir das doch schon zu Studienzeiten gewünscht. Und um mir das zu sagen, kommst du extra her? OK. Ich werd mich um die kleine Waise kümmern, wenn es dann so weit ist. Kann es kaum erwarten."

Als er merkte, dass ich nun doch etwas irritiert war, drehte er sich ganz zu mir hin.

„Entschuldige. Ich glaube, ganz so locker wolltest du es nun auch wieder nicht."

„Schon gut."

„Also du weißt ja, wie ich die Dinge sehe. Ich als multipler Vater und Großvater – es sind inzwischen insgesamt neunundzwanzig – bin noch mächtig in der Pflicht. Rackere mich ab, für die Jüngsten das Studium und für die Ältesten die Hauskredite zu bezahlen. Sonst wär ich längst weg. Während du – warte, wenn ich mich recht entsinne, sind deine beiden längst verheiratet und Beamte auf Lebenszeit. Da kannst du ja jetzt gehen wann du willst. Bitte sehr. Nur, leider", und ich ahnte, was kommen würde, „begleiten kann ich dich im Augenblick noch nicht. Wäre sonst ein guter Gedanke. Großes Fest, du weißt. Hörst du noch ab und zu Moustaki?"

„Ja. George Moustaki, Edith Piaf und all die anderen. Ab und zu. Könnten wir heute Abend mal wieder auflegen. Hast du die alten Platten noch? Caroline kennt sie auch, die alten Chansons. Sie spricht übrigens sehr gut französisch. Deine Frau doch auch. Oder?"

„Sie stammt aus Montpellier."

Bis zu diesem Zeitpunkt hatte ich den Champagner noch nicht erwähnt. Nun ging ich zurück in die Diele an meinen Rucksack und übergab ihn.

„Wollte ich eigentlich ihr geben. Aber du kannst ihn ja schon mal kalt stellen. Wo ist sie überhaupt?"

Hans-Dieter schaute auf die Uhr.

„Wird gleich kommen. Hatte ihren Literaturnachmittag. Sie meinte, das erste Stündchen könne sie uns sicherlich allein lassen. Sie hat ein riesiges Blech Flammkuchen vorbereitet. Den schiebt sie in den Ofen, wenn sie wieder da ist."

Der Abend entwickelte sich wie manche unserer Gelage früher. Am Ende waren wir ziemlich betrunken. Das Auto blieb stehen. Hans-Dieter begleitete uns noch zum Gasthof.

„Zum Frühstück müsst ihr aber zu uns rüberkommen."

„Gerne."

„Gut. Dann wünsche ich einen genussreichen Inzest!"

„Du bist geschmacklos."

„Aber deiner ist schon toll, du Glückspilz. Muss ich neidvoll zugeben."

25.

„Soll ich gleich auf mein Zimmer?"

„Nein, bitte bleib. Fänd ich schön. Ich bin noch ganz aufgedreht."

„Ich auch. Ist da wohl Knabberzeug im Kühlschrank?"

Ich ging zum Kühlschrank.

„Chips, Erdnüsse und jede Menge Getränke. Was möchtest du?"

„Erdnüsse und Cola."

„Ich genehmige mir noch eine Cola mit Rum. Hab mich drüben ziemlich zurückgehalten."

„Zurückhalten nennst du das?"

„Doch. Wenn ich so an früher denke."

„Und? Wie fandst du es?", fragte sie.

„Für den Anfang ganz gut. Aber unspektakulär. Könnte in Zukunft eigentlich etwas dramatischer werden."

„Deinen Freund fand ich ja wirklich nett."

„War nicht zu übersehen."

„Eifersüchtig?"

„Hatte ich mir eigentlich nicht eingestehen wollen, aber ich war froh, als seine Frau kam und er sich notgedrungen bremsen musste."

„Musst du nicht so sehen. Ich flirte halt gern. Aber wenn du willst, ich kann mich auch mehr zurückhalten."

„Nein, nein, war schon gut so. Rückfall in Zeiten studentischer Eroberungszüge. Es war schön, zu sehen, wie Hans-Dieter auflebte. Er war fast wie früher."

Ich machte eine Pause. Dann sagte ich nachdenklich:

„Und außerdem: Du gehörst mir ja nicht."

„Seh' ich anders. Ich gehöre dir und sonst niemanden, solange ich in deinen und zu deinen Diensten stehe. Und da kannst du dich ganz fest drauf verlassen. – Ich meine für die Zeit, in der du mich gemietet hast."

„Was für ein bedauerlicher Nachsatz."

„Hätte ich sagen sollen, für immer?"

„Vielleicht ,Bis dass der Tod uns scheidet'. Klingt romantischer. Immerhin läuft der Vertrag bis zum Abschiedsfest."

„Stimmt."

Plötzlich verstummte sie.

„Ich habe noch nie vorher", sagte sie leise und nachdenklich in die Stille hinein, „jemandem Treue bis an sein Lebensende versprochen."

„Und? Versprichst du es?"

Ich wagte nicht, zu ihr hinzusehen. Aber ich glaube, sie nickte.

„Massierst du mich jetzt?", fragte sie.

Für Minuten vergaß ich, wo ich war. Ein Traum von Jugend nahm Besitz von mir, und ich überließ mich der Illusion, ich sei ihr Freund und Geliebter, nicht ihr Kunde.

„Kein Frühstück?", wunderte sich der Wirt am nächsten Morgen.

„Nein, wir werden von Freunden erwartet."

Er schaute auf den Bildschirm seines Laptops.

„Ein Doppelzimmer, eine Nacht, ohne Frühstück. Macht dann 85 Euro."

„Wir hatten zusätzlich noch ein Einzelzimmer."

„Bestellt hatten Sie es. Sagen wir, in Kommission für den Notfall. Aber den gab es wohl nicht."

26.

„Ich lass dich jetzt mit ihm allein", schlug Caroline nach dem Frühstück vor. „Wir Frauen stören euch nur. Ich geh mit ihr in den Garten und helfe beim Johannisbeerenpflücken."

„Johannisbeeren pflücken?"

„Wir wollen Marmelade kochen."

„Sehr praktisch, so eine Frau, die ist, wie Frauen waren, als Frauen noch Frauen waren."

„Meinst du mich?"

„Ich dachte ans Johannisbeerenpflücken im Allgemeinen."

Bei dem schönen Wetter hielt Hans-Dieter und mich nun auch nichts mehr im Haus. Bei unserem Herrenspaziergang schwärmte er von Caroline.

„Beneidenswert. Wirklich beneidenswert. Eine tolle Idee! Ziehst mit einer als Freudenmädchen gemieteten Studentin durchs Land und nimmst Abschied von deinem Leben und deinen Freunden."

„Mal sehen, wie das weitergeht. Ich bin dabei, mich zu verlieben."

„Ist doch gerade das Tolle daran."

„Nur leider sehr einseitig. Gekaufte Liebe. Peinlich."

„Peinlich? Das seh' ich anders. Wir sind alt. Ist es da peinlich, wenn wir die Blumen kaufen, die nicht mehr im Garten wachsen, weil wir die Blumenbeete aufgegeben haben? Ist es peinlich, wenn wir die Gondel bezahlen, die uns auf den Gipfel bringt, den wir früher zu Fuß bestiegen haben?"

„Auf einen Gipfel voller Touristen."

„Du willst dich ja nicht wie die anderen in der Bergstation gleich auf den Braten stürzen."

„Wohl kaum."

„Du weichst ein paar Meter von dem Weg ab, auf dem fast alle gehen, und das Panorama überwältigt dich, als wärst du ganz allein, und die unberührte Natur zeigt sich von ihrer schönsten Seite und öffnet sich für dich wie damals."

„Unberührt?"

„Was soll's, hast du früher danach gefragt? Jungfrauen können ganz schön unbequem sein."

„Die Erfahrung fehlt mir."

„Hast nichts versäumt. Ist nicht so romantisch wie du denkst. Beim ersten Mal denken die alle nur an sich."

„Ist wohl wirklich so. Hab mal eine Befragung dazu gelesen."

„Dein hübsches Adoptivkind, die macht es jedes Mal nur für dich. Und ich vermute, sogar sehr liebevoll, so wie sie mit dir umgeht."

„Wenn alle Männer vor mir sie behandelt hätten wie ich, wäre sie nicht gerade unberührt, aber immerhin noch Jungfrau."

„Willst oder kannst du nicht?"

„Kann schon. Mit jeder anderen. Aber mit ihr ist das anders. Es ist die Gondel. Ich fühle mich noch schwindlig von der ungewohnten schnellen Auffahrt, und das Panorama überwältigt mich in einem Maße, dass ich mich erst mal setzen muss. Am liebsten würde ich andächtig auf die Knie fallen und beten. Natürlich möchte und könnte ich. Aber ich brauche Zeit. Wenn überhaupt."

27.

Inzwischen hatten wir eine ganze Woche hinter uns. Plüschi und Hans-Dieter waren die interessantesten Begegnungen geblieben. Danach hatte ich die Strategie geändert: Sanfteren aber dennoch zielstrebigen Zugang. Und wenn die Situation sich als ungeeignet erwies, verzichtete ich sogar ganz auf meine Offenbarung und begnügte mich damit, bei freundschaftlichem Plaudern still für mich Abschied zu nehmen, auch ohne dass den Gastgebern der eigentliche Anlass unseres Besuchs bewusst wurde. Aber dann war es ein einseitiger Abschied. Eigentlich nicht, was ich mir wünschte. Später einmal würde ihnen klar werden, warum ich gekommen war.

Dadurch wurde alles sehr unproblematisch. Die Tour wurde zur Ferienreise, verlor aber ihren Kick.

Ich überlegte, die Besuche ganz aufzugeben und die zweite Woche irgendwo mit Caroline an meiner Seite in einer einsamen Gebirgshütte Urlaub zu machen.

Zu einfallslos. Sexurlaub eines alten Mannes, nur halt nicht in Thailand. Kam nicht in Frage.

„Nach meinem Reiseplan hatten wir für morgen einen Ruhetag eingeplant", sagte Caroline, als wir uns von Hans-Dieter und seiner Frau verabschiedet hatten.

„Manöverkritik hattest du es genannt. Danach sollte es zu dieser nymphomanen Journalistin gehen, deren Unersättlichkeit du vor Jahren ab und zu als willkommene Labung genossen hast."

„Schön ausgedrückt."

„Ich benutze lediglich deine eigenen scheuen Formulierungen."

„Spreche ich so geschraubt?"

„Manchmal schon. Vor allem wenn du verlegen bist."

„Halt dich zurück, sonst werde ich es."

„Gut. Was ich sagen wollte: Was machen wir morgen?"

„Wenn wir heute die Nachbesinnung schaffen, was ich vermute, kannst du, wenn du willst, deinen freien Tag nehmen. Wir können aber auch gemeinsam etwas unternehmen."

„Wir kommen doch morgen in die Gegend von Düsseldorf. Da wohnen meine Eltern. Ich hätte Lust, sie zu besuchen."

„Gut. Dann bleibe ich in Benrath. Wohnen wir nicht auf der Rheinterrasse? Dann kannst du den Wagen haben. Ich wandere nach Zons und Pitt Jupp oder spaziere durch den Park, besichtige endlich mal wieder das schöne Schloss. Und wenn ich in die Stadt will, da fährt ja die Straßenbahn."

Sie schaute mich belustigt an.

„Nix da. Du kommst mit."

„Ich? Zu deinen Eltern?"

„Ich möchte dich ihnen gern vorstellen."

„Wissen die, dass du …"

„Natürlich nicht. Wo denkst du hin?"

„Und du meinst …?"

„Ich hab Lust, auch mal was Verrücktes zu machen."

„Krieg ich das als Sonderleistung vergütet?"

„Klar. Einverstanden. Sonderleistung."

„ Gleicher Tarif?"

115

„Gleicher Tarif."

„Eigentlich sogar einen ganzen Tagessatz. Aber ich will mal nicht so sein. Wird ja bestimmt spannend."

„Das verspreche ich."

Caroline nahm ihr Handy.

„Ich melde uns jetzt an. Einverstanden?"

„Einverstanden."

„Hallo Papa, oui, c'est moi. – À Benrath. – C'est vrai? – Demain, tu dis? – Bon. Dann gib sie mir mal. – Hallo Mama. – Ja, Papa sagte es schon. Der wievielte denn? Der dreißigste? Und das erfahre ich erst jetzt? – Und wo? – Na klar. Darf ich jemanden mitbringen? – Nein, mein Prof. – Nein, natürlich nicht. Ich bin Hiwi bei ihm. – Nein. Studentische Hilfskraft. - Ich arbeite für ihn. - Auf einer Tagung an der Uni. – Ich sag doch: Nein. Aber gut befreundet. – Wirst du ja sehen."

Es folgte ein offenbar recht einseitiges Gespräch, bei dem für mich abgesehen von ein paar kurzen Höflichkeitsbemerkungen ledig viele ‚So?‘, ‚Ja‘, ‚Ach ja‘, und ‚Hm‘ abfielen.

„Na, was sagen sie?"

„Dreißigster Hochzeitstag. Elf Uhr Brunch im ‚Uerige‘."

„Habe ich richtig gehört?"

„Dreißigster Hochzeitstag. Elf Uhr Brunch im ‚Uerige‘. Und du bist mein Professor."

„Und warum sind wir hier zusammen in Benrath auf der Rheinterrasse?"

„Wir sind zu einer Fachtagung an der Düsseldorfer Uni. Die findet wirklich gerade statt. Gerontologie. Ist dir das peinlich?"

28.

„Hallo Jochen! Fast hätte ich dich eben angerufen."

„Lüg nicht. Gib dir gar nicht erst die Mühe. Hast mich doch in deinem dionysischen Rausch total vergessen."

„Ganz unrecht hast du nicht. Obwohl: Vergessen nicht. Hab' sogar oft an dich gedacht. Schließlich haben wir ja alles gemeinsam ausgeheckt."

„Aber für einen Anruf hat es dann doch nicht gereicht. Ich beneide dich. Muss toll sein. Vererbst du sie mir? ‚In gute Hände abzugeben‘?"

„Werd ein gutes Wort für dich bei ihr einlegen."

„Wäre nett. Und sonst? Erzähl!"

„Alles prima. Überwiegend erfolgreich. Am besten war es bei Hans-Dieter. Immer noch derselbe. Wie wir ihn von früher kennen. Wollte gleich Caroline anmachen. Muss ich dir später erzählen."

„Und was steht als nächstes an?"

„Besuch bei Carolines Eltern."

„Bei wem?"

„Hast richtig verstanden."

„Erklär!"

„Die haben dreißigsten Hochzeitstag."

„Und du gehst mit hin?"

„Als ihr Professor."

„Auf Hochzeitsreise, wenn ich das richtig sehe."

„Nein. Offiziell zur Fachtagung Gerontologie in Düsseldorf."

„Sehr passend. Mit integriertem Praktikum für die studentischen Teilnehmer. Patienten sind mitzubringen."

„Danke. Ab nächstem Jahr bist du ja dran. In fünf Jahren stellt sie dich dann bei ihrem eigenen Tagungsbeitrag dem Auditorium als besonders schwierigen Fall vor."

„Sag mal, ist so dein Mietvertrag eigentlich befristet?"

„Ich hab ihn für mich entfristet. Läuft bis zu meinem Tode."

„Dein Zeitplan bleibt aber hoffentlich?"

„Kannst dich auf mich verlassen."

„Gut zu wissen. Vergiss nicht den Übergabetermin. Bitte rechtzeitig vorher."

„Machen wir doch alles gemeinsam."

„Das ist mir zu pflaumenweich. Sagen wir in vierzehn Tagen?"

„Schon?"

„Wenn du willst, könnte ich ja sanft nachhelfen."

„Ich glaube, ich muss sie doch noch ein Weilchen vor dir bewahren."

„In diesem Sinne. Mach weiter so."

„Gut geheuchelt."

29.

Wir schlüpften in unsere inzwischen liebgewonnenen Theaterrollen, nicht mehr als Debütanten, aber mit unverminderter Spielerfreude und diesmal vor neuem, größerem Publikum mit anderen Erwartungen. Also doch ein wenig Premierenstimmung.

Als wir uns unter die brunchende Gesellschaft mischten, war es als spielten wir nicht allein. Die Grenze zwischen Bühne und Parkett begann, sich zu verwischen. Süffisante Scherze über uns kamen aus dem Publikum – oder waren es bereits Mitspieler? – doch immer so, dass lauernd Ernst und Scherz verbunden waren. Niemand gestand seinen Argwohn, insgeheim wohl hoffend, dass wir uns irgendwann verraten würden. Vor allem Sarah, die Schwester, war gefährlich. Sie stellte Fallen, stand plötzlich lauernd hinter uns, wenn wir glaubten, allein zu sein.

Jedoch, inzwischen schon geübt im Rollenspiel, hielten wir stand, erkannten früh genug die kleinen Finten und parierten alle Scheinattacken. So blieb der Anstand bis zuletzt gewahrt, und offiziell gab es keine Diskussion, ob ich eher Kollege, Freund oder gar Liebhaber sei. Man tat so, als schenkte man dem Tagungsheft Glauben, in dem schwarz auf weiß ‚Gerontologische Fachtagung' zu lesen war. Ich war Seniorchef, mehr aber Kollege und Freund der jüngsten Tochter. – Doch wohlbemerkt: Freund nicht mit bestimmtem, sondern mit unbestimmtem Artikel.

Die Mehrzahl aber merkte nichts vom Bühnenzauber, allen voran der strenge Yves, der es gerne hörte, wenn ich Sophie – so hieß Caroline jetzt - scherzhaft als sein „Chef-d`œvre"[14] titulierte. Er fühlte sich geschmeichelt und nahm die Ausdrucksweise als Zeichen dafür, dass ich, ganz einfach, sein Töchterlein sehr mochte, was er verstand, als Vater ebenso wie auch als alter Mann, als letzterer vielleicht sogar gepaart mit seinem Mitgefühl für mein Bedauern, nicht mehr so jung zu sein wie sie – ein Geständnis, das ich ohne Scheu zu äußern wagte.

Er lud uns – genauer: er und seine Frau – zum Abendessen in ein vornehmes Altstadtrestaurant ein.

Caroline ließ es sich nicht nehmen, mich warnend darauf vorzubereiten, dass mir nun ein kleines kulturelles Examen bevorstünde. Als belesener Germanist und Freund von deutscher wie auch französischer Kultur werde ihr Vater, der wie ich ja wisse, Franzose sei, es sich nicht nehmen lassen, mich in Gespräche zu verwickeln, einem akademischen Kolloquium gleich, um die Gelegenheit zu nutzen, einen deutschen Professor als Gast an seinem Tisch zu haben.

Und so kam es auch. Das Prüfungsfach Politik war unergiebig, da es mir an Wissen fehlte, ich immer auswich und so bald wie möglich das Thema wechselte. In deutscher Literatur bestand ich leidlich, zumal ich ein paar neuere Titel nennen konnte, die er ebenso wie ich noch nie gehört hatte, so dass ich munter hererzählen konnte, was mir einfiel, und sogar wagte, ihm ein Buch zum Lesen zu empfehlen. Und schließlich kam das Thema Philosophie.

„Und welche Philosophen schätzen Sie besonders?", fragte er.

„Am meisten wohl Descartes", war meine spontane Antwort.

„Einen Franzosen also. Wie kommt denn das, wo es so viele große deutsche Philosophen gibt!"

„Sein ‚Cours de la Méthode' hat mich schon als Gymnasiast begeistert. Ich habe damals ein Referat darüber gehalten. Und seiner Zweifelstheorie wüsste ich bis heute nichts entgegenzusetzen."

„Und was halten Sie von Heidegger?" fragte er eher beiläufig, als wir Descartes nach missbilligender Einigkeit über seine Gottesbeweise abgehakt hatten.

„Gar nichts."

„Gar nichts? Habe ich richtig gehört?"

„Gestatten Sie mir eine etwas längere Erklärung?"

„Ich bin gespannt."

„Wenn ich einen Text verfasse, geschieht es bisweilen, dass ich keine zufriedenstellende klare Formulierung für das finde, was ich ausdrücken möchte. Manchmal ringe ich tagelang vergeblich darum. Und immer wieder finde ich in solchen Fällen am Ende, dass es nicht an meinem sprachlichen Unvermögen liegt, sondern an gedanklicher Unzulänglichkeit: Klare, verständliche Formulierung ist nur bei klarer, fundierter Gedankenführung möglich. Da nun Heidegger seine Gedanken meist sehr unverständlich ausdrückt – wer versteht seine Texte schon? Ich jedenfalls nicht – , nehme ich an, dass hinter der wirren Verschrobenheit seiner Darstellung sich eine ebenso wirre, um nicht zu sagen unsaubere Gedankenführung verbirgt. Ich glaube, wenn jemand wirklich Wichtiges zu sagen hat, kann er dies auch klar und in einfacher Sprache ausdrücken. Das habe ich bei Heidegger vergeblich gesucht."

Es gab eine kleine Pause.

„Ein interessanter Aspekt. So geht es mir, wenn ich versuche, den Wirtschaftsteil einer Zeitung zu verstehen."

„Klar. Dort sollen ausgerechnet Journalisten ihren Lesern die Finanzkrise erklären. Und was tun sie? Schreiben Artikel zusammen aus ökonomischen Theorien, die sie selbst nicht verstehen."

„Und geben dann noch kluge Prognosen."

„Und wie sehen Sie Heidegger?", kam ich auf unser eigentliches Thema zurück.

„Er ist mein Lieblingsphilosoph."

Das hatte mir Caroline verschwiegen. Ein Wunder nur, dass sie bei dieser Wendung des Gesprächs nicht in prustendes Gelächter ausbrach . Ihr Gesicht war eine wunderbare Mischung von Amüsiertheit und gespannter Neugier, wie ich da wieder herauskommen könnte.

Ich hatte Mühe, meine Augen von ihr zu wenden, Aber ich tat mein Bestes.

„Nun, wenn Sie das sagen, sollte ich Heidegger vielleicht doch noch einmal zu lesen versuchen."

„Geben Sie sich keine Mühe. Das haben schon die vielen Autoren der Sekundärliteratur vergeblich versucht."

„Wollen Sie sagen, ich soll lieber bei meiner Gerontologie bleiben? Da ist zumindest die langfristige Prognose einfacher."

„Nein, nein, ich wollte Sie nicht beleidigen. Mir geht es doch nicht viel anders. Aber Heidegger fasziniert

mich dennoch immer wieder. Er regt so zum Nachdenken an."

30.

Am nächsten Morgen kam unerwarteter Besuch. Ich
war schon zum Frühstück auf die Hotelterrasse
gegangen und wollte einen Blick in die Zeitung
werfen, bis Caroline käme, da tauchte ihre Schwester
auf.

„Hallo, was für eine Überraschung! Nehmen Sie
Platz! Caroline wird gleich kommen. Leisten Sie uns
doch ein wenig Gesellschaft und frühstücken Sie mit
uns!"

„Vielen Dank. Eine Tasse Kaffee gern. Zu mehr habe
ich leider keine Zeit. Aber lassen Sie sich nicht
stören. Lesen Sie ruhig weiter."

Ich legte die Zeitung aus der Hand und sah sie an.
Irgendetwas führte sie im Schilde.

„Ach, wo Sie nun doch nicht weiterlesen: Ich hatte
Sie gestern schon fragen wollen, was ist eigentlich
der Unterschied zwischen Gerontologie und Geriatrie?"

Konversation oder Fangfrage? Abwarten. Scherzhaft
antwortete ich:

„Der Unterschied ist, Sie sind von beidem gleich weit
entfernt."

„Sie aber nicht", parierte sie.

„Sehe ich so alt aus?"

„Verglichen mit Caroline jedenfalls. Aber so meinte
ich das nicht."

„Und was meinten Sie?"

„Sie kennen sich doch aus in den Gebieten. Dachte
ich jedenfalls. Und da wollte ich etwas von Ihnen
lernen. "

„Ist das ein Test?"

„Ich könnte auch Fragen stellen, die mit Ja und Nein zu beantworten sind, wenn Ihnen das lieber ist."

„Tun Sie sich keinen Zwang an."

„Kennen Sie den Unterschied zwischen Gerontologie und Geriatrie?"

„Ja."

„Erklären Sie ihn mir bitte."

„Nein."

„Das war keine Frage, sondern eine Bitte."

„Gut. Der Unterschied ist der gleiche wie bei Psychologie und Psychiatrie."

„Geht das auch genauer?"

„Erst kommt das eine, dann das andere. Test bestanden?"

„Sie weichen aus."

„Sie merken auch alles. Schauen Sie doch in Google nach, wenn Sie mir nicht trauen. Oder fragen Sie Ihre Schwester. Die müsste das auch wissen."

„Ist mir klar. Sie arbeitet ja mit Ihnen. Macht ihr offenbar viel Spaß."

„Mir auch."

„Ich glaube, sie mag Sie."

„Sagt sie das?"

„Hätte sie Sie sonst gestern mitgebracht? War doch eigentlich ein Familienfest."

In dem Moment kam Caroline. Entsetzt blieb sie stehen, als sie ihre Schwester sah.

„Fragen Sie sie selbst. Da kommt sie."

Sie sprang auf und ging ihr entgegen.

„Hallo, Schwesterherz! Kann ich mal deinen Zimmerschlüssel haben? Meine Kontaktlinse tut weh, und hier draußen ist es zu windig, sie herauszunehmen. Geht das?"

„Den Zimmerschlüssel? Ach so. Ja klar. Warte. Aber der ist im Wagen. Soll ich ihn holen?"

„Du hast ihn doch in der Hand!"

„Nein, das ist nicht meiner. Der ist von Karl. Wir hatten eben noch auf seinem Zimmer gearbeitet."

„Gearbeitet? So früh am Morgen und vor dem Frühstück?"

Caroline legte den Schlüssel auf den Tisch zu mir. Ihre Schwester nahm ihn und schaute mich an:

„Würde es Ihnen etwas ausmachen? Geht ganz schnell."

„Nein. Klar. Aber es ist noch nicht aufgeräumt. Wie gesagt, wir haben zusammen schon was getan."

Weg war sie.

Ich schaute Caroline fragend an.

„Schlimm?"

„Das Zimmermädchen ist schon in unserem Zimmer."

„Hoffentlich fängt sie bei den Betten an! Sonst…"

„Wir haben eigentlich keine Geheimnisse vor einander. Aber in diesem Fall…"

„Sie wird es für eine Affäre halten."

„Soll sie dann halt."

Tat sie wohl auch. Schon am Tage vorher. Aber es blieb Spekulation: Das Zimmermädchen hatte in der Tat als erstes die Betten abgezogen. Immerhin stand Carolines Koffer im Zimmer. Und daneben ein Paar Schuhe von ihr.

31.

Wie auch immer ich Caroline vorstellte – egal, ob als Studentin, als Adoptivtochter, Nichte, Betreuerin, Bewährungshelferin oder schlicht als Freundin – man glaubte mir nicht.

Am einfachsten war es, gleich zu sagen, sie sei ein Freudenmädchen, welches meine Abschlusstour zur lustvollen Erlebnisreise machte. Die Reaktion war die gleiche: schallendes Gelächter und verstohlener Blick auf Caroline, ob sie so deftigen Spaß erträgt.

Immerhin, ein solcher Einstieg erregte Neugier, die wir gemeinsam, je nach Laune immer wieder neue Details erfindend, mit wohldosierten, immer wieder neuen Häppchen schürten. Ein amüsantes Spiel, bisweilen beinahe abendfüllend.

Aber auch dieses Spielchen wurde nach mehrfacher Anwendung langweilig.

Bei Franz versuchte ich eine neue Version:

„Darf ich dir meine neue Frau Caroline vorstellen", begann ich.

„Dass es eine Frau ist, kann nicht übersehen werden. Aber…"

„Klar, keine kirchliche Trauung. Du kennst mich ja", unterbrach ich die sich ankündigende neugierige Nachfrage.

„Und wie ich dich kenne!"

Er lachte unsicher.

„Kommt erst mal rein, dann klären wir das schnell und unkompliziert."

Das ganze Haus war voll von Zigarettenqualm. In der Diele abgestandener Altrauch, vom Wohnzimmer kam frischer Brandgeruch dazu. Doris saß auf dem Sofa. Ihre selbstgedrehte Zigarette überdeckte mit ihrem frischen Aroma die olfaktorischen Altlasten der Gardinen und Möbelpolster.

Als Doris mitbekam, dass ich in Begleitung einer fremden, noch dazu weiblichen Person gekommen war, erhob sie sich mühsam aus den tiefen Plüschpolstern des Sofas und kam uns neugierig entgegen.

„Hallöchen!"

Sie erwiderte flüchtig meine Umarmung und holte sich fix die gewohnte Kussdoublette ab.

„Wen haben wir denn da?", starrte sie Caroline an.

„Meine neue Frau. Aber nur auf Mietbasis."

Doris traute mir alles zu. In Worten und in Taten. Also wusste sie nicht, woran sie war, was sie geschickt überspielte:

„Studentin?", fragte sie und ging auf Caroline zu – was nicht schwer war, da die Diele kaum Platz für uns vier hatte.

„Sie sehen so jung und hübsch aus, als studierten Sie noch. Sicher bei ihm", und sie wies auf mich.

„Mich kann man mieten!", vernichtete Caroline mutwillig Doris' liebenswürdige Bemühungen, sie zu legalisieren.

„Die hübschesten Exemplare führt er mir doch immer vor, wenn er sie neu hat", kam es aus dem Hintergrund von Franz. „Wir gehen dann alle zusammen in die Sauna. Wusstest du das nicht?"

Doris war bisher bemüht gewesen, sich mit einem verbindlichen Lächeln alle Optionen offen zu halten. Auf die Bemerkung von Franz hin änderte sie die Strategie. Sie bot den Boden für ein Scheingefecht auf neutralem, gewohntem Boden, was sie wie einen rettenden Strohhalm wahrnahm.

„Das möcht'st du wohl, mein kleiner Schieter!"

Dabei tätschelte sie seinen Kopf in einer Mischung von tadelnder Drohgebärde und derb-liebevoller Muttertröstung.

„Das ist nicht so wie du denkst", karikierte Franz die Standardversion wörtlicher Rede der Protagonisten seiner Lieblingswitze und fügte in kindlicher Zerknirschtheit hinzu:

„Nur leider viel zu selten", wobei er sich bei den letzten Worten vorsichtshalber in sichere Entfernung außerhalb ihrer Reichweite brachte.

„Oder sind Sie von der Presse?", begann Doris wieder. „Hat er wieder so'n Schweinkram geschrieben?"

„Nein, das könnte aber kommen, er schreibt gerade über mich."

„Was sind Sie denn für ihn? Bewährungshelferin?"

„Hat er Vorstrafen?"

„Pflegerin?"

„Macht er einen kranken Eindruck?"

„Nein. Aber was sind Sie dann?"

„Passt. Ich bin ganz schlicht und einfach" – schlagartig trat erwartungsvolle Stille ein. Drei Augenpaare richteten sich gespannt auf Caroline, die das auskostete und erst mal eine Pause einlegte. Dann kam es: „Nutte."

Alle lachten. Auch Caroline. Die entwaffnende Eindeutigkeit der Berufsbezeichnung tat ihre Wirkung, auch wenn sie nicht wussten, was sie davon halten sollten.

„Wie auch immer. Setzt Euch!", beendete Franz die Stille, als man sich wieder beruhigt hatte.

Erleichtert nahmen wir erst einmal alle auf dem nikotingetränkten Mobiliar Platz, bevor die Frage von Doris, was sie uns anbieten könne, sie dazu verdammte, Kaffee zu kochen. Insgeheim hatte sie an einen ‚Naschepott' gedacht, also Cola mit Eis und Rum, Lieblingsgetränk von Franz, das er selbst zuzubereiten pflegte. Sie machte einen letzten Versuch zum Erhalt ihrer gerade erst wiedergewonnenen bequemen Sitzposition und fragte – nicht zuletzt, um dem Risiko zu entgehen, fernab in der Küche etwas zu verpassen:

„Keinen Naschepott?"

„Gute Idee!", stimmte ich ihr zu. „Ich hatte nicht gewagt, darum zu bitten zu dieser frühen Stunde!"

Ich begleitete Franz in die Küche und ließ die Frauen allein. Gelegenheit für Doris, sich an des Rätsels Lösung heranzutasten. Zu gern hätte ich ihre Pirsch beobachtet. Als wir wiederkamen, grinsten die beiden

Frauen, quälten sich mühsam aus Sessel und Sofa hoch, nahmen die angebotenen Gläser und prosteten sich zu:

„Ich bin die Doris."

„Ich Caroline."

„Sollen wir uns auch wieder vertragen?", fragte Franz, zu mir gewandt.

„Schon vergessen", tat ich so, als sei etwas zwischen uns gewesen, „Prost Franz!"

„War was?", fragte Doris.

„Ach, nicht so schlimm", parierte Franz, „schon wieder OK."

„War wirklich was?"

„Männerangelegenheit", wiegelte ich ab, „ich hatte mich geweigert, sie ihm zu leihen", und dabei nickte ich so abfällig ich konnte zu Caroline hinüber.

„Und nun?"

„Nichts ‚und nun'. Ich freue mich über den Naschepott."

„Seid ihr deshalb gekommen?"

„Eigentlich nicht. Ich hatte euch meine neue Frau vorstellen wollen."

„Dann könnt ihr ja jetzt wieder gehen."

„Nicht vor dem zweiten Naschepott!"

32.

Das Abschiedsfest rückte näher. Ich verabredete mich mit Jochen in der ‚Markthalle'. Wir planten, eine Handvoll gemeinsamer Freunde aus dem Golfclub zu einem rauschenden, ausschweifenden Fest einzuladen.

Unsere Idee war es, zu diesem Anlass die "Lila Eule" zu mieten, eine baulich sehr attraktive, lauschige kleine Liebesoase zwischen Neustadt und Kappel. Für ein ganzes Wochenende mitsamt Fauna. Alle äußerlich sichtbaren Verfänglichkeiten würden wir für die Zeit verdecken lassen und unsere lieben ahnungslosen Golfkumpel – natürlich nur Handverlesene – aus irgendeinem frei erfundenen Anlass, etwa um einen Lottogewinn oder eine Erbschaft zu feiern, zu einem üppigen Nachtmahl mit anschließendem Nachtquartier und morgendlichem gemeinsamem Frühstück dorthin einladen.

Wir stellten uns die Gesichter vor, wenn zu fortgeschrittener Stunde ‚zufällig‘ eine verführerische Nixe nach der anderen zu uns stoßen würde und bäte, bei uns Platz nehmen zu dürfen. Wir malten uns aus, wie jeder bereitwillig ein wenig beiseite rückte, bis schließlich neben jedem ein hübsches Etwas säße...

Es sollte getanzt werden und am Ende, sollten die Mädchen ihre Tanzpartner auf die Zimmer begleiten.

Wir stellten eine kleine Liste zusammen und testeten die Kandidaten, indem wir uns vorstellten, wie sie reagieren würden, wenn sie am Ende von zarter Hand zu Bett gebracht würden.

„Herr Dr. Hofer, stets korrekt und gesellschaftlich vollendet die Formen des Anstandes und der Höflichkeit wahrend, würde, als perfekter Gentleman englischer Schule, die äußere Form wahrend, seiner Dame ritterlich den Arm bieten zum gemeinsamen Weg auf sein Zimmer. Würde sie dann aber, kaum dass er die Tür hinter sich geschlossen, höflich und bestimmt bitten, sich unbemerkt bis zum Frühstück zu entfernen, nicht ohne sie noch gefragt zu haben, wie viel er ihr für diesen Dienst schulde.“

„Nicht so Finkler. Der würde sich nur ärgern, dass das Ganze nicht seine Idee gewesen ist, den Abend aber still vergnügt mit allen kulinarischen und zwischenmenschlichen Details wie ein Gourmet bis zum delikaten Finale genießen.“

„Herr Kock würde den Entrüsteten spielen und unter Protest die Gesellschaft verlassen."

„... was wohl keiner bedauern würde!"

„... und sich hinterher heimlich ärgern, dass er Opfer seiner starrsinnigen Verkrampftheit geworden ist."

„Vielleicht würde er anschließend vor lauter Frust sogar eine Dienstaufsichtsbeschwerde einreichen!"

„Geht das überhaupt noch bei Rentnern wie uns?"

„Egal. Kock jedenfalls nicht!"

„Lieber nicht. Oder möchtest du neben ihm sitzen?"

„Gott bewahre. Aber Paul Laban wäre interessant."

„Der würde sich furchtbar quälen. Einerseits lässt er sich nur allzu gern charmant verführen, andererseits ist er aber mit Sicherheit strikt gegen Prostitution."

„Er würde sein Mädchen in lange Diskussionen verwickeln, um herauszubekommen, ob sie eine gut verdienende freie Unternehmerin oder eine schamlos ausgenutzte, bemitleidendenswürdige Kreatur, am Ende gar Opfer skrupelloser Menschenhändler und Zuhälter ist."

„Aber wenn sie raffiniert genug ist, hätte sie bei ihm ein ruhiges Nachtquartier."

„Noch dazu mit generöser Entlohnung!"

„Und der arme Paul würde in taktvoller Abstinenz auf dem Fußboden zu ihren Füßen nächtigen und sich am nächsten Morgen kaum rühren können vor Kreuzschmerzen, aber nichts sagen!"

„Und hätte sich noch dazu verliebt!!"

„Bestimmt!"

„Gottwitz würde sich verschämt an mich wenden mit der Frage 'Entschuldigen Sie, Herr von der Wied, aber, wenn ich mir die Frage erlauben darf, ist das jetzt sozusagen im Preis inbegriffen, ich meine in Ihrer Einladung, und so mit allem Drum und Dran, ich meine, wenn ich das so sagen darf, auch die Damen?' und sich dann mehrfach dankbar verbeugen, bevor er sich von seinem Mädchen auf das Zimmer führen ließe."

„Ganz anders Herr Riesen."

„Lässt schon auf dem Golfplatz kein Loch aus."

„Am Ende würde er mir zulallen: 'Tolle Idee. Tolle Frau!', und mit einem 'Nun komm schon!' versuchen, mit ihrer Hilfe noch die Treppe zu schaffen, zum letzten Put!"

„ ,Idea fantástica. Fenomenal!', würde Rafael mir zuflüstern, ,Pero sabes, yo prefiero a Karin!', und würde der ihm zugedachten Latina, nachdem er den ganzen Abend ausgelassen mit ihr gescherzt und geflirtet hatte, unauffällig einen Schein zustecken und sie bis zum Frühstück beurlauben."

„Dr. XL würde das Ganze nicht durchschauen, sondern glauben, er hätte eine verwegene Eroberung gemacht, und in eitler Freude seinen Erfolg sexuell ausschlachten."

„Und sie für tags darauf in seine Praxis bestellen."

„Aber nur, wenn sie privat versichert ist."

„Armes Mädchen!"

„Aber den laden wir ja sowieso nicht ein!"

„Wohl kaum!"

„Und ich?", fragte Jochen plötzlich.

„Was soll das heißen?"

„Ich meine, wie stellst du dir vor, wie ich reagiere?"

„Du? Kommt drauf an. Wenn sie dir gefällt – bist ja kein Kostverächter."

„Ich meine so: Hast du schon eine für mich?"

„Lass dich überraschen. Das überlasse ich Caroline."

„Darf ich einen Wunsch äußern?"

„Ach so, daher weht der Wind. Abgelehnt. Soll eine Überraschung sein. Aber du machst mich neugierig. Was Neues im Rennen?"

„Nicht wie du meinst."

„Verstehe. Anders. Klar. Also was Ernstes wie immer."

„Liebe ist immer irgendwie was Ernstes. Allerdings in diesem besonderen Fall…"

„Verliebt?"

„Vielleicht auf dem Wege dahin."

„Noch nicht verliebt? Dann können wir dir ja was Exquisites aussuchen, sozusagen als Brandbeschleuniger."

„Kubanerin ist sie."

Jochen tat als hätte er mein ‚Njet' überhört.

„Verstehe. Willst spanisch üben an meinem letzten Abend. Toll. Bring am besten dein Spanischbuch und ein Lexikon mit! Nein, schlag dir das aus dem Kopf. Du willst doch nicht mit deinem traurig verliebten schmachtenden Dackelblick unser Fest verderben. Soll eine lockere Orgie werden. Kein Verlobungsfest."

„Kubanerin ist sie. Nicht von Afrika, wie du meintest."

„Du meinst…?"

„Genau. Meine ich."

„Die?"

„Genau. Sag ich doch."

„Du warst da?"

„Wo sonst?"

„Hast sie gefunden?"

„Blöde Frage. Wüsste ich sonst..."

„Klar. Und nun willst du..."

„Genau."

„Das schlag dir aus dem Kopf. Die kannst du immer noch haben. Weißt ja, wo."

Immerhin, fünf der sieben eingeladenen Sportsfreunde hatten zugesagt.

Die ‚Lila Eule' allerdings existierte nicht mehr. Sie war vor Jahren abgebrannt und nie wieder aufgebaut worden. Ich mietete das ganze ‚Rosa Schlösschen' in St. Peter und meldete eine geschlossene Gesellschaft an. Caroline versprach, fünf nette und willige ‚Kolleginnen' ausfindig zu machen. Sie verpflichtete als Überraschung für Jochen doch die Schwarze, die keine Afrikanerin sondern Kubanerin war. Sie begriff wegen ihrer Sprachprobleme zunächst nicht, stimmte dann aber zu.

Ich hatte erfahren, dass Dr. XL in der Nähe eine alte Schafsstelle gepachtet hatte und dort inzwischen allein lebte. Im Augenblick allerdings war er auf Mallorca. Ich mailte ihm folgenden Text:

„Hallo Xaladis!
Am 20. September feiere ich ein großes Fest.
Aber Sie sind ja nicht da.
Wir seh'n uns dann danach!"

33.
Caroline hatte das ganze Haus gemietet. Im von Kronleuchtern und kristallglänzenden Wandlampen erhellten Speiseraum hatte sie mit viel Geschmack zwei herrschaftlich geschmückte Tische vorbereiten lassen. Einer in Blassblau, einer in Pink: Tischwäsche, Servietten, Blumenschmuck und die Menükarten, alles auf den jeweiligen Farbton abgestimmt.
Ich empfing die Gäste am Eingang und geleitete sie an die Bar zu einem Aperitif.
Als wir vollzählig waren, führte ich die kleine Gesellschaft hinüber in den Speiseraum, um zum Essen Platz zu nehmen.

Beifälliges Gemurmel, als der Chef des Hauses die Schiebetür öffnete und sie, etwas ratlos, zwei große Tische im Festtagsputz vor sich sahen.

„Für uns alte Knaben ist der blaue Tisch vorgesehen", verkündete ich und wies in die Richtung des in hellblauem Farbton großartig gedeckten Tisches.

Neugierig schauten dennoch unwillkürlich alle zu dem anderen, in rötlichen Farben geschmückten Tisch hinüber.

„Ich hatte angenommen, wir blieben unter uns", sagte Dr. Hofer leise zu den anderen, „aber da drüben...", und er zeigte auf den blassrosa Tisch neben unserem.

„Und für wen ist der andere Tisch vorgesehen?", fragte Paul Laban etwas direkter, und bevor ich antworten konnte, mutmaßte Jürgen Riesen prophetisch:

„Die Farbe riecht nach Frauen",

Klaus Finkler streckte genüsslich schnuppernd die Nase in die Luft, präzisierte: „Junge Frauen", und verriet seine frohen Hoffnungen.

„Der Farbe nach sehr junge Frauen, genau genommen Babies, wenn ich mir die Bemerkung erlauben darf.", korrigierte Gottwitz.

„Yo preferiría un grupo de mulatas muy majas", kam es von Rafael. Aber das verstand niemand außer Jochen, der sich bemüßigt fühlte, seine neuen Spanischkenntnisse anzubringen:

„Latinas? Negritas? Quièn sabe!"

„Das wird sich unser Gastgeber mit Sicherheit genau überlegt haben", schloss Dr. Hofer die Diskussion, die er selbst initiiert hatte. Geleitet von einem Kellner in schwarzem Smoking nahm eine Gruppe von sieben Herren zwischen 65 und 75 an ihrem „Knabentisch" Platz und schaute, vom Aperitif bereits in unternehmungslustige Stimmung versetzt, neugierig auf das verheißungsvolle rosarote Vakuum.

Währenddessen kam der Küchenchef persönlich an unseren Tisch, ein großer, schlanker, eleganter Herr. Ja, man konnte ihn so bezeichnen in seiner gepflegten Berufstracht: Über der weißen Hose trug er eine nachtblaue Kochjacke mit weinroten Knöpfen, ein ebenfalls weinrotes Halstuch und dazu eine farblich passende Kochmütze.

Er rezitierte und interpretierte in selbstgefälliger Kennermanier die Menüfolge, die jeder auch gedruckt und mit Datum des heutigen Tages versehen auf hübschen Menükarten vor sich liegen hatte.

„Dazu empfehle ich einen Moulin à Vent, 99er Rothschild von der Rhône oder, wenn Sie Weiß bevorzugen, einen trockenen 2008er Riesling-Kabinett von der Mosel: Wehlener Sonnenuhr, Reichsgraf von Kesselstatt."

Neben mir hörte ich Geflüster:

„Ich ahne Böses, bei so einem Koch!"

„Diätkoch!"

„Oder Nouvelle Cuisine."

„Schade um den schönen Hunger!"

Plötzlich ging ein Raunen durch die noble Herrengesellschaft: In der Tür zeigte sich Caroline.

Sie trug das Abendkleid, das ich ihr in Düsseldorf auf der Königsallee gekauft hatte, bevor wir zum Hochzeitstag ihrer Eltern aufbrachen. Getragen vom Bewusstsein bewundernder Blicke vom Tisch der alten Herren her, nickte sie diesen freundlich zu und bekam das Begrüßungsmurmeln eines unkoordinierten Männerchors zurück. Dann wendete sie sich an den Kellner, der dienstfertig auf sie zukam, und sie fragte, leise zwar, aber für alle gut zu hören, da die alten Knaben ihre Unterhaltung erwartungsvoll unterbrochen hatten:

„Bin ich die Erste?"

Der Angesprochene nickte, deutete dann aber zum Eingang, wo sich in diesem Moment eine weitere Mädchengestalt zeigte.

Caroline ging mit ihr an die Bar. Bald war sie umringt von den übrigen Nymphchen, die sie für den heutigen Abend ausgewählt und bei einem gemeinsamen Stadtbummel mit großzügig dekolletierten, aber durchaus eleganten und gesellschaftsfähigen Kleidern ausstaffiert hatte.

Zunächst hörte man nur Flüstern. Doch das änderte sich bald in einem Maße, dass Caroline bereits während des Aperitifs mehrfach, zur Mäßigung mahnend, den Finger auf ihren hübschen Mund legen musste.

Just als kurz darauf vierzehn Männeraugen dem Zug der Jungfrauen zum rosaroten Tisch folgten, trug der Kellner zusammen mit zwei wie er in vornehmes Schwarz gekleideten Lehrlingen die Vorspeise auf, ohne jedoch die gebührende Beachtung seiner Gäste zu finden, als er mit englischen und französischen Ausdrücken das winzige Etwas beschrieb, das sich zwischen feinen silbrig grauen Saucegemälden versteckt hielt: ‚Jakobsmuschel an Seehasenrogen und feinen Sellerieraspeln‘.

„Kann man das essen?“, hörte ich die kritische Stimme des sonst eher schüchternen Gottwitz.

„Man hatte mir als Alternative eine hausgemachte Ochsenschwanzsuppe empfohlen“, erwiderte ich grinsend, „hab‘ ich aber aus naheliegenden Gründen verworfen. Fand ich zu anzüglich.“

Nicht alle konnten den dargebotenen Kochmützen etwas abgewinnen, die über der toten Muschel schwebten.

„Ich glaube, heute gehe ich hungrig zu Bett“, ließ sich Jürgen Riesen hören, der seinen Appetizer mehrfach gedreht und gewendet und dann angewidert von sich geschoben hatte.

„Köstlich!", hörte ich aus schmatzendem, noch vollem Mund Klaus Finklers Stimme, der blitzschnell seinen bereits leeren Teller gegen den verschmähten seines kulinarisch ungebildeten Nachbarn ausgetauscht hatte und sich genüsslich die zweite Muschel in den Mund schob.

Kaum hatten sich die lustvollen Blicke wieder auf den Geschenkpackungen des Nachbartischs versammelt, wurden die letztlich dann doch alle geleerten Vorspeisenteller abgeräumt, und ein weiterer Küchenmeister, diesmal in blütenweißer Tracht, dockte mit einem Tranchierwagen voller dampfender Flugenten am Kopf des Tisches an, während zwei seiner Hilfskräfte Schälchen mit Beilagen auf dem Tisch verteilten, wodurch die Brautjungfern des rosa Tisches beträchtlich an Aufmerksamkeit verloren.

Jegliches Gespräch war schlagartig verstummt und hatte dem geschäftigen Klappern der Speisewerkzeuge das Feld überlassen, über das hinweg von der anderen Seite des Raumes her bisweilen kleine Salven mädchenhaften Kicherns zogen.

Rauschte aber eine von ihnen an unserem Tisch vorbei Richtung Bar und weiter, verstummten die Instrumente für einen Augenblick. Blicke folgten der Erscheinung, bis sie eine Tür an weiterer Verfolgung hinderte. Gewiss verlor sich der eine und andere in Vorstellungen, was sie dort trieb, und stellte sich, als sie zurückkam, kleine Tröpfchen in ihrem Slip vor.

Nach wiederholtem Nachlegen liefen dem Gabelklappern schlürfende Trinkgeräusche den Rang ab, und nicht mehr lange, da standen auch die letzten Gerätschaften still. Verdauliche Ruhe begann die Unterhaltung zu lähmen.

„Dessert?", fragte dienstbeflissen unser kulinarischer Hirte, „oder lieber unsere internationale Käseplatte oder vielleicht auch, wenn Sie es wünschen, vorher noch überbackenen Camembert mit frischen Preiselbeeren."

„Für mich Camembert. Und dann das Dessert. Aber bitte keine Süßwasserperlen an karamellierten Ananaslotusblüten!", hörte ich Riesen, in dessen Kopf sich die Flügel südfranzösischer Windmühlen zu drehen begannen, deren Umdrehung er mit einem genüsslichen Schluck beschleunigte, bevor er sich für eine Nachspeise entschied. Erstaunlich, wie gut er noch zu formulieren und artikulieren verstand.

„Mousse Vierge, Monsieur", beruhigte unser Oberkellner seinen angesäuselten Kritiker und fügte lächelnd hinzu: „Mit ein paar Spritzern Bananenliqueur und Crème fraîche – eine Phantasia unserer Praktikantin der Meisterschule in Zürich."

„Alternativ", fuhr er fort, „ bieten wir Ihnen Crêpes-au-Miel, einen vorzüglichen Kaiserschmarren und natürlich eine große Auswahl an Eisbechern. Darf ich Ihnen vielleicht die Eiskarte reichen?"

Vollgefüllte Männerbäuche verbreiteten satte Trägheit rund um die nicht mehr ganz unbefleckte, einst makellos himmelblaue Tischdecke. Eigentlich war der Zeitpunkt für Zigarren, Pfeifen und Zigaretten gekommen, aber keiner rauchte mehr.

Ohne Neidgedanken verfolgten die alten Kumpels, wie ein eindrucksvolles Eisbüffet zu der munteren Damenrunde gefahren wurde.

„Kaffee? Cappuccino? Espresso?"

Der Zeitpunkt zur Beendigung des Abendmahls nahte. Auch nebenan war es ruhiger geworden. Die meisten der jungen Frauen waren inzwischen, Zigarettenschachteln in der Hand, für eine Weile vor die

Tür gegangen, nun aber saßen sie wieder vollzählig am Tisch vor ihren Tassen.

Caroline schaute zu mir herüber und nickte. Ich stimmte zu. Es konnte losgehen.

34.

Jochen hatte unsere stille Zwiesprache bemerkt, stand auf und ging in den angrenzenden Nebenraum, einen kleinen, ebenfalls festlich geschmückten, von barockem Stuck beherrschten Festsaal. Den Boden bedeckte kunstvoll gelegtes Parkett in einem in Kreisen angeordneten Mosaik aus Rauten, die zur Mitte hin immer kleiner und dunkler wurden und schließlich, unter dem Kronleuchter, zu einem schwarzen Stern zusammenliefen. Lange rote Samtvorhänge mit dunkelblauen Borten waren so weit vor die Fenster gezogen, dass sie gerade noch ein Drittel der dahinter hängenden cremefarbenen Gardinenschleier freiließen.

Der Raum wurde für gewöhnlich für Hochzeiten wohlhabender Bürger gemietet. Ebenso wie zum festlichen Leichenschmaus nach Begräbnissen. Diesmal aber stand der mächtige, von vierzehn roten Polsterstühlen umgebene Tisch nicht in der Mitte des Raumes sondern an einer der Schmalseiten in würdigem Abstand vor einem riesigen, den ganzen Tisch beherrschenden, mit goldenem Barockrahmen verzierten Wandspiegel.

Vier Armleuchter mit Kerzen beleuchteten den mit weißem Leinen gedeckten Tisch. Abwechselnd vor jedem Platz standen Väschen mit blauen und rosa Hyazinthensträußchen und kunstvoll drapierte kleine Servietten in den gleichen Farben. Neben den blauen Sträußchen standen geschliffene Champagnergläser, an den übrigen Plätzen flache Sektschalen aus feinem, dünnem Glas. Dazwischen jeweils ein und in der Tischmitte eine Reihe von Schüsselchen der gleichen Manufaktur, abwechselnd angefüllt mit Pralinen und Salzgebäck.

An den Stirnseiten der Tafel sah man silberne, eisgefüllte Sektkübel auf kleinen Beistelltischen.

Gegenüber, an der anderen Stirnseite des Raumes war, geschmückt mit Blumenkübeln, war ein Bühnenpodest für die Musiker aufgebaut. Sogar einen Flügel hatte man herbeigeschafft. Die Mitte des Raumes war frei geblieben.

Jochen gab dem Pianisten ein Zeichen. Schmunzelnd kam er zurück.

Aus dem Saal hörte man eine Walzermelodie. Erst nur leise. Dann öffneten die beiden hübschen Lehrlingsknaben die seitliche Flügeltür zum Saal und den unwiderstehlichen Klängen der ‚Donauwellen'. – Ich konnte ja nicht gleich den Saxofonisten mit einem schmusigen Blues beginnen lassen.

Die zu Herzen gehende Wiener Musik erreichte die beiden Tische der Abendgesellschaft, die sich – erstmals gemeinsam – erhob, neugierig zur Tür schaute, auf ermunternde Zeichen der beiden Knaben in den Saal strömte. Erstauntes und bewunderndes ‚Ah' und ‚Oh'.

Derweil hatte ich mich durch eine Wolke von Blumen- und Parfumdüften hindurchgeschlängelt und mich zwischen die Musiker auf das Podest gestellt.

In eine Reihe leiser Takte der Musik hinein rief ich laut und vernehmlich: „Damenwahl!"

Sofort löste sich Caroline aus der Gruppe, lief an den Rand der Bühne, reichte mir die Hand und wir tanzten, zunächst als einziges Paar, von der Kapelle her auf die Gesellschaft zu.

Bevor sich irgendein vollgefressener träger alter Knabe hätte verkrümeln können, spürte jeder der

140

Herren eine zarte Hand, die sein Handgelenk gefasst hatte und ihn unwiderstehlich zum Tanz auf das Parkett zog: Der Reigen war eröffnet.

Dieselbe Hand aber ließ auch nicht locker, als die Musik aussetzte, um den alten Herren die verdiente Verschnaufpause zu gönnen. Die Mädchen hatten Weisung, Hand in Hand ihre Tanzpartner zum Tisch zu führen und, eine ‚*bunte Reihe*' bildend, gemeinsam Platz zu nehmen.

Caroline und ich gingen als letzte zu unseren Plätzen. Alles klappte wie vorgesehen. Auch Jochen war offenbar sehr zufrieden mit seiner Latina, übte sich in höflicher spanischer Konversation, was sie offenbar sehr belustigte, ihr aber keineswegs missfiel.

Caroline und ich blieben hinter unseren Stühlen stehen und warteten, bis alle anderen Platz genommen hatten.

Während des Tanzes war Champagner eingeschenkt worden. Ich erhob mein Glas.

„Liebe Freunde!", begann ich und schaute mich in der Runde um, in der ich ausnahmslos frohe Gesichter sehen konnte.

„Lasst euch zunächst einmal Caroline vorstellen. Sie hat das alles für uns arrangiert, und ich finde, sie hat das wunderbar geschafft."

Caroline verbeugte sich dezent und erhielt begeisterten Applaus.

„Für Caroline und mich ist das heute so etwas wie ein Hochzeitsfest. Sie hat mir ihr Wort gegeben, bei mir zu bleiben, bis dass der Tod uns scheidet.

Ungläubige Blicke ringsum.

Rafael reagierte als erster. „Felicidades!" rief er, sprang auf, klatschte frohen Beifall, und sein Vorbild zog sofort ‚Standing Ovations' nach sich, was die Musiker mit einem spontanen Tusch quittierten. Anschließend improvisierten sie die ersten Takte der bei solchen Gelegenheiten üblichen Mendelssonmelodie.

Als Caroline und ich die unvermeidliche Massenumarmung und Vielküsserei überstanden hatten, dauerte es ein Weilchen, bis alle wieder saßen. Immerhin hatte keiner der Herren mehr Scheu, wieder an der Seite seiner charmanten Tanzpartnerin Platz zu nehmen.

Ich schlug vorsichtig an mein Glas. Sofort wurde es wieder ruhig.

„Da keiner danach fragt, muss ich wohl ungefragt die Antwort auf das nicht Gefragte geben. Zunächst aber: Kann jemand von Euch bulgarisch?"

Als keine Antwort zu hören und nur bedauerndes Kopfschüttel zu sehen war, fuhr ich fort:

„Schade. Sonst hätte er übersetzen können. Es ist nämlich so: Die hübschen jungen Damen sind zu Besuch aus der bulgarischen Partnergemeinde von Unteribenbach. Und da hierzulande so gut wie niemand ihre Sprache spricht, finden sie hier nur schwer gesellschaftliche Berührpunkte. Caroline hatte die Idee, sie heute zu unserem Fest dazu zu bitten. Ich hebe daher mein Glas auf das Wohl der jungen Damen und sage ‚Herzlich willkommen in unserer Runde!' "

Die alten Männer erhoben sich, klatschten und riefen ebenfalls „Herzlich willkommen".

Ich drehte mich zur Band um, gab ihr ein Zeichen, und als die Musik einsetze, rief ich in das stürmische Klatschen hinein:

„Herrenwahl! Zeigt ihnen, wie sehr sie willkommen sind!"

35.
„Letzter Tanz!", tönte es von der Bühne.

Es ging auf ein Uhr zu. Zwar wurde noch immer fleißig getanzt, oft sogar die Frauen gewechselt, aber es reichte. Schließlich durften meine Freunde nicht erschöpft sein, wenn sie ihr bevorstehendes köstliches Lager noch genießen sollten.

Ich griff nach dem Mikro.

„Hallo Freunde!", sprach ich mit leiser Stimme. Das ließ sie aufhorchen. Sie merkten, jetzt kam etwas Wichtiges. Wie ultimativ es freilich sein sollte, konnten sie nicht ahnen.

„Ich glaube, ich habe, nach alter Väter Sitte, mit allen Damen wenigstens einmal getanzt. Es war mir eine Freude. Ich danke euch dafür, Mädels. Mein letzter Tanz aber gehört meinem lieben Genius, meiner Caroline."

Erneuter Applaus unterbrach mich.

„Freut euch nicht zu früh", begann ich von Neuem. „Dieser letzte wird ein schier nicht enden wollender Tanz sein. Neumeyer hat ihn einst höchst persönlich auf der Bühne getanzt. Das ist lange her. Ich hoffe, meine Kraft wird reichen, ihn bis zu Ende durchzustehen. Ihr alle werdet mich eine Strecke lang begleiten. So lange wie ihr Lust und Kraft habt. Dann aber lasst Caroline und mich allein. Begleitet Euer Mädchen auf sein Zimmer – oder lasst euch auf eures begleiten. Die Jungfrauen sind zum alsbaldigen Gebrauch bestimmt."

Ich nickte zur Kapelle, und ganz leise begannen die ersten Takte des Bolero.

Die Kapelle spielte sanft die ersten präludialen Ravelschen Variationen.

Caroline lag mehr in meinen Armen als dass sie tanzte. Wo war sie in ihren Gedanken? Behutsam führte ich sie. Dann begann leise die dumpfe Trommel. Als müsste ich sie aus einem Traum wecken, zwang ich sie, mitzumachen. Zwang sie in den stampfenden Bolerorhythmus. Allmählich schien sie zu erwachen. Ließ sich führen, wurde zur Feder, flog mit mir dahin. Immer schneller. Immer heftiger, gewann, als die Musik zu dröhnen begann, an Wucht, und ich brauchte alle meine Kraft, sie noch auf meiner Bahn zu halten. Schließlich gab ich mich in ihre Hand. Folgte ihrem immer rasenderen Tempo, bis der immer eindringlichere monotone Rhythmus unbeirrbar seine letzten Wiederholungen begann, drohend das nahende Ende kündigend. Dann endlich unvermittelt Ravels kreischende Notbremse. Orgasmus oder Weltuntergang? Oder beides?

Wir hatten als einzige durchgehalten.

Die Musikanten applaudierten.

Ich zog Caroline hinauf zu ihnen, schaute zu, wie sie ihre Instrumente zusammenpackten. Als auch sie gegangen waren, hob ich Caroline auf den Flügel, setze mich vor sie auf die Spielerbank und legte meinen Kopf in ihren Schoß. Eine Melodie aus meiner liebsten Bach-Kantate kam mir in den Kopf, und ich begann, leise zu spielen:

> *„Schlummert ein, Ihr matten Augen,*
> *Fallet sanft und selig zu.*
> *Welt, ich bleibe nicht mehr hier;*
> *Hab' ich doch kein Teil an dir,*
> *Das der Seele könnte taugen.*
> *Aber dort, dort werd' ich schauen*
> *Süßen Frieden, stille Ruh.“*[15]

Als ich ihre Hand auf meinem Haar spürte, hob ich den Kopf, küsste ihre Hände, und hob sie vom Flügel. „Lass uns fliehen!“, flüsterte ich. „Kommst du mit?“

„Du machst mir Angst."

„Schau auf die Uhr, es ist früher Morgen. Vertrags-verlängerung. Ein Tag."

„Und wohin?"

„Weiß nicht. Irgendwo hin. Hier sind wir fertig. War toll. Ist aber jetzt genug. Ich will nicht wie die anderen aufs Hotelzimmer. Und schon gar nicht morgen mit ihnen aufwachen und frühstücken."

„Ich auch nicht."

„Es ist unsere Nacht, nicht deren."

Ich rief ein Taxi.

„Hol dir andere Schuhe und steck warme Sachen ein."

„Feldbergpass", gab ich als Ziel an.

Es begann hell zu werden, als wir ankamen.

„Bist du müde?", fragte ich.

„Hellwach."

„Dann los. Es wird Zeit."

Die Felsbrocken oben auf dem Herzogenhorn waren feucht und kalt. Es war uns egal. Es dauerte nicht mehr lange, bis die Sonne aufging.

Frühstück gab's im Berggasthof auf den Präger Böden.

Wir waren die einzigen Gäste.

Natürlich hatte man ein Zimmer frei.

Gegen Mittag schliefen wir ein.

Ein Taxi brachte uns zurück.

„Zum *Greiffenegg Schlössle* bitte."

Wir saßen genau dort, wo wir den ersten Abend gesessen hatten. Wir bestellten den gleichen Wein. Uns fröstelte. Wir ließen uns Decken bringen.

Nach dem ersten Schoppen stand sie auf, küsste mich auf die Stirn und ging zur Toilette.

Ich schaute ihr nach. Lange blieb sie weg.

Dann kam die Bedienung. Ich wollte noch einen Schoppen bestellen. Aber sie reichte mir ein Briefchen. Ein Blatt mit dem Emblem des Hauses *Greiffenegg Schlössle*. Sorgsam zusammengefaltet.

„Ich fürchte, ich liebe Dich.
Deshalb verlasse ich Dich.
Bitte suche mich nicht. Ich bin auch so bei Dir.
Bis dass der Tod uns scheidet. - C."

36.

Sicher hätte mein Psychologe es vorausgesagt. Für mich kam es unerwartet. Ich hatte im Rausch erfüllter Endzeit, in freudiger Erwartung und Anspannung gelebt. *,Positiver Stress'*, wie es in Frauenzeitschriften genannt wird. Hatte über nichts mehr nachgedacht. Wie so oft, wenn ich ein Ziel vor Augen hatte, nichts anderes mehr wahrnahm, es mit allen verfügbaren Kräften verfolgte, überzeugt, dass es das einzig Richtige war.

Und dann, am Ende, ein kurzes Weilchen Euphorie. Alles schien wunderbar. *,Verweile doch'*.

Aber die Welt stand nicht still.

Ich hatte geschafft, was ich mir vorgenommen hatte. Dank Jochen und Caroline, ein wenig auch durch mich selbst.

Und wozu? Plötzlich brach alles zusammen. Eine sinnlose Kinderidee war es gewesen. Spätpubertärer Schabernack. Wozu?

Hätte ich mir das nicht sparen können? Schlicht und bescheiden davongehen?

War es Eitelkeit gewesen? Es allen noch mal zeigen, was für ein außergewöhnlicher Mensch ich war? Vermutlich.

Und doch war es anders, dieses letzte Mal.

Ungeduldig und wütend hatte ich jahrelang immer wieder dieselben Worte vor mich hin gesprochen.

Zornig laut geschrien, wenn ich sicher war, dass mich keiner hörte: ‚*Ich will nicht mehr! Wie lange noch? Warum darf ich nicht gehen? Jetzt gleich?*‘

Endlich war Ruhe eingekehrt. Und plötzliche Leere. Ein ‚*Wozu das alles?*‘ war geblieben. Aber nur im Rückblick. Das war zu ertragen.

„Wozu? Ist doch egal", sagte ich mir. „Hat Spaß gemacht. Brauche aber nicht noch mehr davon."

Oder doch? Einmal noch etwas Verrücktes anstellen? Ein allerletztes Mal?

37.

Ich sprang auf und packte eine Decke in den Rucksack. Dann setzte ich mich in meinen Wagen.

„Halt. Das geht nur mit Jochen."

Ich schaute auf die Uhr. 23.21. Dann nahm ich das Handy.

„Willst du noch einmal eine halbe Stunde mitkommen?", fragte ich Jochen. „Wirst sehen. Macht bestimmt Spaß."

Er zögerte. Dann endlich kam ein alles andere als überzeugtes:

„OK. Wann und wo?"

„Ich hol dich."

Jochen schien bedrückt. Riss sich aber zusammen. Stieg in den Wagen.

„Und nun?"

„Erst mal eine kleine Spritztour."

Ich fuhr quer durch Freiburg, dann in Zähringen die Pochgasse hinauf und parkte den Wagen im absoluten Halteverbot vor dem Haus eines gemeinsamen Freundes.

„Der ist doch noch in Griechenland!", warnte mich Jochen.

„Eben."

Ich griff hinter mich auf den Rücksitz und holte eine Motorkettensäge hervor.

„Was nun?"

„Kannst zugucken. Aber lass dich nicht sehen. Könnte Folgen für dich haben."

Mit meiner Kettensäge schlich ich am Haus vorbei nach hinten zu dem kleinen Hang, auf dem der mächtige Ahorn des Nachbarn den freien Blick über Freiburg versperrte.

Ich setzte die Stirnlampe auf. Ganz nahe am Stamm brachte ich die Säge in Anschlag und legte sie an einer Stelle so an, dass ich den Baum mit einem Mal zu Fall bringen würde. Mit ungeheurem Lärm – in der Dunkelheit schien alles noch viel lauter – startete der Motor.

Innerhalb von Sekunden gingen die Lichter in der Nachbarschaft an. Fenster öffneten sich. Dann ein ohrenbetäubendes Krachen. Der Baumriese war gefallen. Ehe die ersten erschreckten Bürger etwas unternehmen konnten, saßen wir im Wagen.

„Duck dich. Man muss dich hier nicht sehen", rief ich.

Dann brausten wir davon.

„Hat er sich immer gewünscht. Aber die lassen es nicht zu, obwohl er im Recht ist", erklärte ich Jochen meine Aktion.

„Ich weiß."

„Halt!", rief er, als ich eine Einbahnstraße falsch fuhr.

„Was soll's?", grinste ich. Meinen Führerschein nimmt mir keiner mehr weg. Da hätten sie mich früher erwischen müssen.

Dann fuhr ich zu der Ampel mit Rotblitz, wartete, bis das störende Grün vorüber war, lächelte dem Blitz des Heckenschützen entgegen und fuhr los.

„Lass dir das Foto geben. Ich hab extra gelächelt."

„Bitte noch eins für Caroline!"

Ich wendete, fuhr zurück und stand Modell für ein zweites Portrait.

„Toll! Kannst du nicht öfter mal sterben?"

Wieder wendete ich und wiederholte noch einmal mit herausgestreckter Zunge das Spektakel vor dem nächtlich vereinsamten wehrlosen Rotblitz.

Weiter ging's. Ich überfuhr noch ein paar Verbotsschilder, überschritt Geschwindigkeitsbeschränkungen, hupte vor der Praxis von Doktor X und hielt schließlich gegenüber vom Bahnhof.

„Komm!", rief ich. „Da drüben ist ein Taxistand."

„Nach Unteribenbach und zurück bitte."

„Nach Unteribenbach? Was willst du denn da? Hat da nicht Dr. XL die alte Schafsstelle gepachtet?"

„Eben drum."

„Mach keine Dummheit!"

„Doch. Aber keine Angst, ich tu ihm nichts."

Vor der Einfahrt zur Schäferei ließ ich anhalten.

Ich nannte dem Taxifahrer Jochens Adresse und bezahlte.

„Warten Sie bitte, bis ich im Garagenschuppen verschwunden bin. Dann fahren Sie sofort ab."

„Hier. Nimmst du mein Portemonnaie? Ich hab dem Typen noch nie getraut."

Ich hatte Glück. Fast Vollmond. Langsam stieg ich den kleinen Hang hinauf und entriegelte den Schuppen. Das Tor ließ sich mühelos öffnen. Ich stand vor Xaladis' X3. Boshaft schmunzelnd stellte ich mir vor, wie er, von Mallorca zurückkehrend, seine Garage öffnen würde. Einmal drehte ich mich noch um und winkte. Dann schloss ich das Tor hinter mir und lauschte. Das Taxi fuhr davon.

Ich wartete ab, ob Jochen vielleicht doch noch ausgestiegen war, um mir, wobei auch immer, zu helfen. Er kam nicht. Im Geiste sah ich ihn den Kopf schütteln und grinsen. - Oder vielleicht doch nicht?

Ich holte die Decke aus dem Rucksack, machte es mir darauf bequem. Ich hatte Papier und Schreibzeug für einen Abschiedsbrief mitgebracht. In seltsamer Ruhe schrieb ich die letzten Zeilen nieder:
„Ich denke frohen und dankbaren Herzens an Euch: Jochen, Caroline und alle, die meine letzten Tage begleitet haben. Adieu!"
Der Text gefiel mir nicht. Einfallslos. Dann vielleicht lieber garkeinen Brief. War auch keine Lösung. Aber ich wollte meine letzten Minuten nicht mit textlichen Grübeleien vergeuden, schob das Blatt in den vorbereiteten Umschlag und verstaute ihn sorgsam im Rucksack.
Ich holte die erlösende Phiole meines gnädigen Medizinmannes hervor und dachte dankbar an ihn. Doch nur kurz.
Meine Gedanken führten mich zurück zu all dem Schönen, das hinter mir lag: Der erste Schoppen Grauburgunder in der Abendsonne vor dem Haus der Badischen Weine, Carolas Erscheinen in der Casa Española, die Stationen unserer Reise, das große Fest, der Bolero, das Morgengrauen auf den feuchten Felsbrocken des Herzogenhorns, die Einkehr in den Präger Böden, das letzte Mal ‚Greiffenegg Schlössle', der Abschiedsbrief…
In meiner noch so lebendigen Vorstellung stand sie vor mir, schaute mir in die Augen, und glücklich tat ich den erlösenden Schluck.

Ende

Anmerkungen

[1]Wikipedia: Die Erschaffung* Adams ist ein Ausschnitt aus dem Deckenfresko des Malers Michelangelo Buonarroti in der Sixtinischen Kapelle.
*) Wegen der Darstellungsart des Adam wohl nicht nur von uns Gymnasiasten als ‚Erschlaffung des Adam' bezeichnet.

[2] Sigmund Freud, C.G. Jung und eine Patientin: In dem Film "Eine dunkle Begierde" erkundet David Cronenberg die Anfänge der Psychoanalyse. Quelle: Welt online vom 8.11.2011

[3] Plattenalbum: Polydor, 2 LP Stereo 2675 185 Songtext:

George Moustaki: *Si ce jour*
Quand je serai mort
Vous qui serez en vie
N'allez pas m'enterrer
Avant qu'il soit midi
Pour que le soleil
Puisse chauffer la terre
Où je m'en irai faire
Mon dernier lit

Si ce jour-là vous avez un peu de tristesse
Ne le montrez pas aux amis
Mangez à ma table
Jouez de la guitare
Et faites l'amour
À celles que j'aimais

Si vous avez soif
Allez chercher à boire
Parmi mes bouteilles millésimées

Si ce jour-là vous avez un peu de tristesse
Ne le montrez pas aux amis
Que mon souvenir
soit celui d'une fête
Où l'on dit adieu
Sans éternel regret
Sans cérémonie
Et sans mines défaites
À peine la gorge
Un peu serrée …

Si ce jour-là…
Ne le montrez pas aux amis
Je pense à cela
En ce mercredi treize
En voyant partir
Un ami bien-aimé

Il méritait mieux
Que cette triste messe
Et ces gens tout en noir
Qui l'emmenaient

Il méritait mieux
Que ce ciel sans tendresse
Et ces gens tout en noir
Qui l'emmenaient
Quelle:Lyrics powered by www.musiXmatch.com

[4] Nur Mut! Der Leser sollte ruhig mal anrufen. Er würde sehr überrascht sein – falls sich jemand meldet.

[5] Dulcinea del Toboso, imaginäre edle Minnedame des Don Quijote, in Wahrheit ein primitives Bauernmädchen.
Quelle: Wikipedia, dort zitiert aus: Miguel de Cervantes „Don Quijote", nach der Übersetzung von Ludwig Braunfels.

[6] Aus Miguel de Cervantes „Don Quijote", zitiert nach der Übersetzung von Ludwig Braunfels.

[7] Sancho Pansa, Knappe des Don Quijote

[8] 'Ich denke oft an Piroschka' (1955) Film von Kurt Hoffmann mit Liselotte Pulver, Gunnar Möller und Wera Frydtberg.

[9] Berühmter spanischer Serrano-Schinken

[10] Aus Miguel de Cervantes „Don Quijote", zitiert nach der Übersetzung von Ludwig Braunfels.

[11] Römer 11,33 (LUT): „ O welch eine Tiefe des Reichtums, beides, der Weisheit und der Erkenntnis Gottes! Wie unbegreiflich sind seine Gerichte und unerforschlich seine Wege!"

[12] Thema und Inhalte sind 1:1 dem Tagungsprogramm entnommen.
[13] Quelle: Travelzoo Originalankündigung 2012 (verkürzt)

[14] Meisterwerk

[15] Arie aus „Ich habe genug", BWV 82

Ferner in der Bordesholmer Edition erschienen:
(Stand: Juni 2014)

Bd. 1: Das Grab auf der Insel
Der erste Bordesholmkrimi
von Jürgen Baasch, Lydia Glaubke, Charlotte Günther,
Ines Reich und Hartmut Wiedling
ISBN 978-3844800067 172 Seiten   Preis 9,90€

Bd. 2: De Borsholmer Jedemann
Hugo v. Hofmannsthal sien Stück,
in`t Plattdüütsche sett vun Jürgen Baasch
ISBN 978-3848218066 128 Seiten   Preis 8,90€

Bd. 3: Das Licht
und andere Erzählungen
von Jürgen Baasch, Kirsten Frahm,
Viktor Vogt und Hartmut Wiedling
ISBN 978-3848227112 136 Seiten   Preis 8,90€

Bd. 4: Krimidinner
Kriminalroman
von Hartmut Wiedling
ISBN 978-3848219711   260 Seiten   Preis 14,90€

Bd. 5: Schmalsteder Beifang
Der zweite Bordesholmkrimi
von Jürgen Baasch, Silvia Biener, Charlotte Günther,
Diana Kühl und Hartmut Wiedling
ISBN 978-3-8482-2419-7 164 Seiten   Preis 9,90€

Bd. 6: Murmelspiel und Schabernack
Alltagsgeschichten aus unserer Nachkriegskinderzeit
Biografische Reihe, Hrsg. Jürgen Baasch
ISBN 978-3848241415 168 Seiten Preis 10,90€

Bd. 7: Biografische Splitter
Biografische Reihe, Hrsg. Elmer Schmidt und Jürgen Baasch
ISBN 978-3732230983 138 Seiten Preis 9,90€

Bd. 8: Doppelbilder - Vier Paare, acht Geschichten und ein Gastspiel
9 Erzählungen
von Hartmut Wiedling
ISBN 978-3842342118 136 Seiten Preis 8,90€

Bd. 9: Ein Haus wird Hundert
Geschichten zur Geschichte
von Franz Rohwer
ISBN 978-3732254576, 88 Seiten Preis 8,50€

Bd. 10: Lotosblüte
Der dritte Bordesholmkrimi
von Jürgen Baasch, Kirsten Frahm, Charlotte Günther,
und Hartmut Wiedling
ISBN 978-3732286584 176 Seiten Preis 9,90€

Bd. 11: Rezepte für die faule Hausfrau
Kleines Kochbüchlein ohne Anspruch auf Michelinsterne
von Durannimo von der Wied
ISBN 978-3732286287 52 Seiten Preis 3,90€

Bd. 13: Krimiwanderungen
Auf den Spuren der Bordesholmkrimis
von Jürgen Baasch, Kirsten Frahm, Charlotte Günther,
und Hartmut Wiedling
ISBN 978-3-735759795 52 Seiten   Preis 4,90€

Bd. 14: Wenn Papa lange wegfährt
Ein Bilderbuch für Kinder
Von Kristina Dohrn
ISBN 978-3-735723086 24 Seiten   Preis 13,90€

Bd. 15: Odile
Erzählung
von Hartmut Wiedling
ISBN 978-3-735 84 Seiten   Preis 7,90€

Bd. 16: Nordlicht
Heimatgeschichten
Biografische Reihe
Herausgegeben von Jürgen Baasch
ISBN 978-3-735775726 180 Seiten   Preis 9.90€

Bd. 18: Die Seminaristin
Der vierte Bordesholmkrimi
von Jürgen Baasch, Kirsten Frahm, Charlotte Günther,
und Hartmut Wiedling
ISBN 978-3-8482-2419-7 164 Seiten   Preis 9,90€

Bordesholmer Edition
eine Reihe für Autoren von Bordesholm und Umgebung
Herausgeber: J. Baasch und H. Wiedling, Bordesholm
bordesholmer.edition@yahoo.de